LA PATTE D'OIE

ANTOINE GOUGUEL

LA PATTE D'OIE

ROMAN

Éditions du Frigo
www.editionsdufrigo.com

Dans la collection : FREEZER

ISBN 9782810623457

© EDITIONS DU FRIGO, 13 juin 2012

Le Code de la propriété intellectuelle interdit les copies ou reproductions destinées à une utilisation collective. Toute représentation ou reproduction intégrale ou partielle faite par quelque procédé que ce soit, sans le consentement de l'Auteur ou de ses ayants cause est illicite et constitue une contrefaçon sanctionnée par les articles L335-2 et suivants du Code de la propriété intellectuelle.

www.editionsdufrigo.com

*À mon NONO, Nononénett, mon Quiquinett adoré.
Et à toi, mon lecteur anonyme, je sais que c'est toi.*

CHAPITRE UN

Onze heures.
Dans l'église.

COIFFEU : c'est ce qui restait de l'enseigne vintage en tubes au néon d'avant les affreux LED et les cons diodes. Le gaz s'était évaporé depuis longtemps, quinze ans déjà, la veille de l'inauguration du salon de coiffure. Il n'y avait qu'un seul fauteuil mais il était comac, rotomoulé en plastique recyclé, cuvette basculante et mitigeur chromé.

Christian, le coiffeur, avait tenté lui-même de bricoler l'enseigne lumineuse pour la fixer au-dessus de la devanture rouge-sang qu'il avait laissée telle quelle. Pour honorer sans doute la mémoire du caviste qui, avant de disparaître du jour au lendemain, lui avait cédé sa boutique pour des clopinettes et avec une précipitation qui avaient fait jaser. La visseuse avait ripé et cela avait été fatal à la dernière lettre en verre soufflé, un malheureux choc dans le deuxième pied recourbé, un trou dans l'R qui l'avait fait tomber en miettes (retrouvées en partie entre les premières pages jaunies de l'*UBU Roi* d'Alfred Jarry, une édition de 1921 que l'on découvrira plus tard dans la maison aux volets toujours clos, au milieu d'une pile d'autres bouquins cultes, style *Les Chants de Maldoror*, *Les Mille et Une Nuit*, *Illuminations* ou *Voyage au centre de la Terre*). Il semblait bien ne pas assumer son titre de barbier, lui qui avait fait partie du prestigieux « Gang des bourgeois » et qui avait dévalisé pas moins de vingt-sept banques en plein jour. Il n'avait jamais parlé de cette période bénie de son existence. Ça le démangeait pourtant. Il en aurait l'occasion bientôt. Et de frimer, ce faisant.

L'enseigne lumineuse du coiffeur, à jamais éteinte, illisible, c'était un peu comme ça que les habitants de Virrelongues considéraient Julien, leur Idiot, comme ça qu'il le voyait sans le voir. Superflu dès sa naissance, incomplet, vague, agaçant par son absence si (comment dire) flagrante, fascinant par sa lancinante (c'est l'adjectif qui lui paru adapté) présence, obsédant comme le vide qui attire. Dans cette église, lieu pourtant propice à la contemplation, Paul Després avait du mal à se concentrer et à trouver les expressions qui convenaient, pour dire le mieux possible, avec des mots palpés sur l'étal, sa définition du jeune homme hirsute, son voisin de gauche, qui s'était levé alors que tous les autres s'asseyaient pour écouter le prêche du curé.

Pour un ancien futur prof de français gourmand de métaphores (pour se cacher encore, sous des couches toujours plus épaisses, pour ne jamais avouer) c'était plutôt humiliant. Il lui en voulut par conséquent et lui fit intérieurement les reproches qu'il aurait dû se faire à lui-même. Mais c'est toujours comme ça lorsqu'on rencontre un handicapé, quel qu'il soit. Pendant ce temps, le grand simplet semblait patauger dans une marre invisible, pied gauche, pied droit, pied gauche, pied droit, se balançant de plus en plus vite, comme le pendule d'un sourcier venant de se taillader les veines. Et en plus il avait entonné le cantique de tout à l'heure « J'ai connu le Dieu vivant et mon cœur est dans la joie, Ah ! ». Et répétait encore et encore « J'ai connu le Dieu vivant et mon cœur est dans la joie âââââââââÂÂÂÂÂ ! » de plus en plus fort, jusqu'à ce que Paul lui donne un coup de coude plutôt agressif. Ce qu'il regretta aussitôt, Julien s'étant mis à baver comme un bouledogue.

« Assieds-toi ! Julien ! Tu m'entends ? Tiens prends ce mouchoir ! Prends-le ! Assieds-toi et mouche-toi ! Allez ! Chut ! ».

Tout ce désordre. Ou bien, non. Comme l'enseigne du coiffeur, Julien était devenu invisible, et inaudible, bien plus qu'un fantôme, une vue de l'esprit, une ombre, l'ombre de la croix qu'il portait à ce moment même sur le visage, l'empreinte fluo du crucifix qu'une sculpture naïve de Saint François agitait d'une main, l'autre caressant une colombe pas farouche. Devant le museau des biches en plâtres, des pourceaux en chair et des ectoplasmes en rien, cette croix semblait bien alléchante, de la guimauve et du sucre.

L'idiot n'était pas transparent, non, ce n'était pas ce que Paul voulait dire, mais il était flou, ce flou qu'il y a dans les yeux du type qui va se pendre, obnubilé par une entaille dans la poutre où il compte accrocher la corde, ce flou là. Toutes ces élucubrations, toute cette confusion, mais aucune réaction de la part des paroissiens, ni du curé. Pas un murmure d'agacement, pas un regard courroucé. L'habitude. Ce n'était pas de l'indifférence. Ils s'en fichaient mais ne s'en fichaient pas. C'était comme ça. Il en fallait un et c'était lui. Offert, sacrifié, puisqu'officiellement, Julien était leur Idiot, l'Idiot indispensable de leur village, l'Idiot de Virrelongues.

Paul remarqua d'ailleurs, pour un semblant de suite dans les idées, que Christian, le coiffeur en question, n'était pas à sa place à la deuxième rangée de chaises. Pourtant, il était très croyant et très pieux et, paraît-il, ne manquait pas un office depuis son arrivée au pays. Cela devait faire aussi partie de ses tentatives d'intégration car il en était de même pour sa fréquentation assidue du café d'en face. Toujours accoudé au comptoir avec son Perrier tranche, la boisson de l'ivrogne repenti, alors qu'il n'avait jamais bu une goutte d'alcool et donc n'avait jamais eu besoin de sevrage. Une façon de séduire ses copains agglutinés au zinc qui sans ça ne l'aurait pas admis dans leur monde, celui qu'ils refaisaient sans cesse, dont ils devaient chaque jour, entre deux verres, recoller les morceaux, alors que c'était eux-mêmes qu'ils auraient dû recoller.

Être très croyant et très pieux, plein de pieux pour des kilomètres de clôtures, pensait Paul, ce n'était pas pour ça qu'un demi-village se trouvait dans cette église. Les virrelonguais aimaient s'y mélanger, qu'ils soient cathos ou non, convertis, baptisés ou ni l'un ni l'autre, de gauche ou de droite, pour ou contre la peine de mort, paysans et commerçants, exploiteurs ou exploités, bouffeurs ou bouffés, rouges ou blancs, saisonniers arabes ou griots noirs…

Léopold, l'ami de Paul, leur boulanger la nuit, leur ramoneur le jour, n'était pas là, à ses côtés, lui non plus, mais pour deux bonnes raisons : il était musulman d'une part, et patron de la pâtisserie d'autre part, posant à l'instant chaque cerise sur chaque gâteau et enfournant sa dernière douzaine de tartes à l'ananas, la spécialité sénégalaise qui avait fait l'un de ses succès auprès des femmes.

Internet et les réseaux sociaux, la solitude (les solitaires représentent un-septième de la population), les amours clandestines, les lits juste avant les tombes, les berceaux et les virus, avaient séquestré une moitié des virrelonguaises et des virrelonguais. L'autre moitié du village, enfants, femmes, hommes, entre deux, ou avant de le savoir, se rassemblaient donc, bien serrés, autour de la crinière blanche de leur vieux gourou de curé et cela chaque dimanche à onze heure tapante, parce qu'ils aimaient ça, tout simplement. Les occasions de se retrouver ne manquaient pas, match de foot sur plasma géant au bar de la place, meeting politique dans la salle communale, réunion Tupperware chez Gustave et Maxime, ou, jadis, l'harmonie-fanfare pour les hommes et les après-midi au lavoir pour les femmes. Mais ils préféraient celle-là. Ils avaient choisi la parité, la facilité, la régularité, la répétitivité, le professionnalisme de l'animateur, le bagou du bonimenteur, la gratuité aussi. Ici, paradoxalement, ils n'avaient pas besoin de se soucier des autres, ni d'échanger avec les autres. Et ce n'était vraiment pas fatigant. Ils avaient choisi un rituel qui avait fait ses preuves : la sainte liturgie, catholique, apostolique et obligatoire du dimanche matin. L'église saint Isidore était pleine et cette foule en extase stressait Paul encore plus. Peut-être parce qu'il était lui-même un athée nonchalant, convaincu qu'il ne croyait en rien mais sans tout à fait y croire, étant un mec assez compliqué qui, comme tous les compliqués, pensait mordicus être hyper simple, surtout dans le roman qu'il écrivait dans sa tête, toutes ses digressions qui le menèrent au sermon du Père Claude, toujours très attendu :

« J'avais perdu la foi (il fut marié et il fut avocat) et je l'ai retrouvé, la bonne foi, celle qui me fait croire que nous devons agir pour que les êtres humains naissent et demeurent libres et égaux en droit et en dignité. Vous vous dîtes mais c'est dans la Déclaration Universelle des Droits de l'Homme ça ! Et bien oui ! Cet article est analogue au « Que ton règne vienne ! » du Notre Père. S'il faut qu'il vienne ce règne, c'est que Dieu ne règne pas. Cette prière que Jésus enseigne à ses disciples est une preuve que Jésus n'est pas dans un état de croyance en un Dieu tout puissant. De même la Déclaration Universelle Des Droits de l'Homme n'est pas la reconnaissance d'un état de fait mais plutôt une liste des actions à accomplir, des négociations à entreprendre, des règlements et lois à faire voter, des combats à mener avec la prétention immense que cette déclaration est universelle, c'est la traduction du mot catholicos… »

    Le curé tenta de se dégager de ses froufrous (il portait une chasuble blanche réalisée dans un très beau tissu brocard 74% polyester, 20% acétate, 6% polyamide avec un galon velours bordeaux cousu en forme de croix de Saint André) gesticulant désespérément, ce n'était pourtant pas ses premiers sables mouvants, s'enlisant davantage dans ses dentelles, s'engluant dans ses phrases, mais il tendit un bras vers le drapé de son surplis assez raide celui-ci, réussit à s'y accrocher d'une main, tel le héros suspendu à son parapet, fit un élégant rétablissement, se dégagea et finalement, se raclant la gorge, se mit à conter, sur un air de trompette bouchée, cet extrait de la Bible : « Raisonner un sot, c'est raisonner un homme assoupi, à la fin il dira avec un air abruti de sommeil : (Mimant l'homme réveillé en sursaut, allant même jusqu'à se frotter les paupières avec ses deux poings) Quoi ?

Quoi ? Qu'est ce que c'est ? De quoi s'agit-il ? (Index pointé) Qu'y a-t-il de plus lourd que le plomb ? (Long silence lourd de sens) Hein ? (Regards éperdus cherchant une réponse) Comment cela s'appelle-t-il ? (Fredonné) L'insensé. (Chantonné) Le sable, le sel, la masse de fer sont plus faciles à porter que l'insensé. (Psalmodié) Des petits cailloux au sommet d'un mur ne résistent pas au vent. (Gazouillé) Le cœur du sot effrayé par ses imaginations ne peut résister à la peur. *Siracide 22,9-18* (Changement de ton subit pour avertir que c'est la fin de la citation et que commence l'explication de texte. Doctement). L'insensé ce n'est pas Julien pauvre de lui, je ne parle pas de Julien, Dieu m'en garde. (De plus en plus fort) Je veux parler de ceux d'entre vous, (un doigt fusille l'assemblée) je sais qu'ils sont là, là, là et là, les voilà qui baissent la tête et vous voilà toutes et tous à relever la tête pour voir celles et ceux qui la baissent… (Jouissant) Haaaa ! (Puis content de lui, devenu mutin) Il y a parmi vous des êtres qui ont décidé de façon consciente de ne pas habiter la Lumière. (Chaleureux) Ce texte vous est donné, car vous rencontrez de tels êtres, ils sont peut-être un de vos voisins, une de voisine aujourd'hui, ici même, dans la maison du Seigneur, et, à la sortie, (endiablé) en faisant la queue à la boulangerie pour aller acheter les bons gâteaux de Léopold, ou lorsque (carrément hurlé) vous serez au Bar du François à vous (sans modération) torcher la gueule, (soudainement marmonné) ils vous poseront la question, (emphatique) ils vous donneront un sentiment d'échec que, dans votre peur, (grave) vous aurez tendance à généraliser et (très grave) en généralisant, vous perdrez le sens même du rôle qui vous est donné. (Majestueux un peu condescendant) Cet enseignement vous est donné pour qu'à chaque fois que vous êtes confrontés à un tel problème, vous vous situez par rapport au chemin qui vous est donné et ne transformez par le problème à un autre niveau. (Débandade) Notre amour (Apaisé) vous accompagne. (Repos) Amen ! »

Ben mon cochon ! se dirent les jeunes ouailles sans avoir compris (ils n'étaient pas les seuls) un traitre mot de cette allocution. Mais du fond, ils s'en foutaient. Au moins, au niveau de l'interprétation, c'était béton. Secoués qu'ils étaient par le curé, mieux que par le flow syncopé d'un rappeur, envoûtés, mieux que par le groove d'une chanteuse de soul. De la bombe ! Ils ont failli siffler, brailler et applaudir comme des malades. Ils sont toutefois restés silencieux, leurs trognes de reniflards furent quasiment paralysées, pas un pouce d'eux ne s'est agité, pas un froissement, même pas pour choisir la piécette au fond du falzar, ni pour faire rouler les agates œil de chat dans leur poche, ni pour se toucher un peu par le trou de leur culotte, pas un murmure, la chique coupée, abasourdis, sous le charme, mais ça ne dura pas et ils n'en voulurent pas à l'Idiot de les sortir de là, au contraire, béni fut-il, merci Julien qui s'était mis à gémir car il venait de jouir dans son froc. Normal, un cas banal dans l'histoire de nos religions. Un peu comme toutes ces religieuses enceintes par l'opération du Saint Esprit.

Et Julien aimait bien se faire sucer par Paul.

« Heureux les pauvres d'esprit car les portes du paradis leurs sont largement ouvertes », scanda le curé essoufflé en retournant à l'autel pour conclure. Il avait l'œil aiguisé et n'en perdait pas une miette. Amateur de poncifs, il tenait à prendre les devants, sans préjuger de rien, en étouffant dans l'œuf le mal à la racine.

Les regards de tous les concitoyens, ceux qui n'étaient pas sourds, allèrent s'écraser sur la braguette vague de Julien, leur pauvre d'esprit, heureux d'être pris pour cible, honoré de cette attention soudaine. En frémirent aussi les ailes chiffonnées d'un angelot aux joues creuses.

Monsieur Gustave, qui était dans la première rangée, se retourna vers Julien et lui fit un clin d'œil. A sa place habituelle aussi, en ce énième dimanche du Temps Ordinaire, même heure, même obscurité, sa voisine Louise, la bonne du curé, « la gouvernante » disait-elle, fronça les sourcils en guise de remontrance. Mais, à voir la raideur du surplis de son patron, on pouvait bien se douter qu'elle appréciait vraiment la fermeté des choses, qu'elle se complaisait dans la vie dure et qu'apparemment elle ne pourrait jamais quitter son allure sévère, même pour aller dormir. Son rendez-vous chez le coiffeur avait été annulé (il avait baissé le rideau hier, bien avant l'heure, sans explication, en plein après-midi), et ça n'avait pas arrangé les choses. Côté fureur et côté chignon.

Paul sentit que Julien amortissait bien le choc.

Il lui tendit un autre kleenex.

Déçus ou dégoûtés, ils revinrent tous très vite à leur feinte dévotion.

Ce n'était pas la première fois que Paul avait l'impression navrante de ressembler à l'Idiot. D'ailleurs ils avaient le même âge, 28 ans. Ils avaient les mêmes tâches de rousseur sur le nez et sur les joues. La même jambe raide. Mais à part ça, Paul était blond et n'avait rien à voir avec cet écervelé, cet ahuri qui, avec ses cheveux roux, sa moustachette luisante, ses yeux verts et secrets comme les eaux de l'étang du Château de Sauvebonne, lui faisait plutôt penser à un chanteur de variétés ringard. Sa nuque longue, la coupe de footballeuse que lui avait offerte Christian le coiffeur absent, y était pour beaucoup, ok.

Paul avait entendu dire que lorsqu'on rencontrait son double il fallait absolument le tuer avant qu'il ne vous tue. Qu'il y en avait toujours un de trop.

Le curé gargouillait et le micro était à la hauteur de son ventre. Paul fut obligé de constater que la sono tenait ses promesses. Thomas eut un fou rire. Et voilà qu'il revenait à la charge celui-là, comme un sagouin, dans le crâne de Paul. Et ses idées jusqu'alors bien pépères devinrent aussi néfastes que des tourterelles dans un champ de blé mûr. Ce qui expliquait cette orgie de mots, voilà pourquoi Paul se complaisaient dans des pensées lyriques au max : pour qu'elles soient suffisamment accaparantes. Il s'extirpa de l'idée même de Thomas alors que Thomas était là, bien là, l'enfant de chœur officiant avec l'abbé Claude. Difficile de ne pas focaliser. D'autant que Tom, avec ses seize ans, ses pommettes hautes, ses oreilles décollées et ses yeux de myopes, aurait fort ressemblé à James Dean au même âge, si celui-ci avait porté une perruque rousse flamboyant, style héros de Manga. Avait-il lui aussi une relation avec son pasteur ? Paul était sûr que non. Pour ce genre de choses, à cause du gros ventre qui lui cachait son goupillon, l'abbé cinéphile n'aurait pas cru à ce qu'il ne pouvait pas voir. Il savait pourtant qu'il était arrivé à Thomas de tapiner dans pas mal d'hôtels de luxe de la Côte d'Azur.

Ils s'étaient rencontrés trois mois auparavant. Paul se promenait souvent du côté de l'étang de Sauvebonne. Tommy était assis dans l'herbe. Trop habillé en bas d'un très ample pantalon de jogging blanc, nu en haut. Paul le vit et ne put rien faire d'autre qu'aller vers lui. Tommy fumait un joint qu'il lui tendit aussitôt avec un sourire aussi lumineux que son survet'. Paul le prit, tira une profonde taffe et désignant le panneau rouge « Baignade interdite » demanda :
- Tu es d'ici ?
- Personne n'est d'ici.

Tommy avait posé la barre très haut. Il prenait déjà les commandes. Paul mit donc les bouchées doubles :
- Je cherche une pute.
- Moi aussi, je cherche une pute.
- Je ne t'avais pas encore vu dans le coin.
- Je viens de sortir de prison.
- ?
- J'étais en foyer depuis l'âge de 9 ans.
- Mais… ta famille vit ici ?
- Au château oui.
- Tu es le fils ainé de la baronne ?
- Le cadet.
- Tu n'es pas le frère ainé de Félix ?

- T'es de la police ?
- Oui, non, pardon je…
- T'es le mec qui donne des cours de rattrapage à Félix ? Tu m'en donnerais aussi ? Mais ce n'est pas pour passer le bac !
- C'est dommage. Tu bosses ?
- Tu écoutes quoi comme musique ?

Et ils continuèrent à discuter ainsi de tout et de rien, d'eux et du monde, de la tyrannie des lieux communs, jusqu'à la nuit tombée, lorsque Thomas dut malheureusement (l'homme heureux n'a pas de chemise) enfiler son tee-shirt alors qu'il avait attendu l'extrême limite, avant d'être, lui, complètement gelé et avant que Paul soit, lui, chaud bouillant, prêt à se jeter sur ce torse magnifique, le plus beau torse du monde selon son Livre des records, pour goûter la douceur de sa peau.

Paul freina des deux pieds, et avec un peu de concentration, expérience aidant, revint au curé qui, vieillissant, avait pris du poids au point qu'un jour sa trop grosse bedaine l'empêcha tout à fait d'atteindre le tabernacle. Il regretta de ne pas avoir vécu ces secondes savoureuses que Léopold lui raconta avec son exagération coutumière : lorsque le pauvre homme, ses deux bras tendus à rompre leurs attaches, ses clavicules étrangement déboitées déformant sa soutane à la hauteur des épaules comme si des petites ailes lui poussaient, ne put définitivement plus se saisir du calice. Ce jour là, qui allait hanter ses dernières nuits, le Père Claude dut faire le tour de l'autel. Malin comme un singe le curé ne s'avoua pas vaincu. Les supercheries étant son fort, il les préféra aux régimes sans graisses. Notre saint bricoleur scia un demi-cercle en creux dans l'autel neuf de palissandre. Ceci sans une larme. Ce qui l'avait épaté lui-même. Vive le progrès. S'il avait encore dû célébrer ses messes sur le maître-autel en granit du fond, un monument de style néo-gothique, il aurait eu plus de mal. C'est à coups de burins et de maillets qu'il aurait dû creuser la pierre et aménager un logement sur mesure à son abdomen.

Thomas jaloux se mit à en faire des tonnes, à minauder, se déhanchant à la Jacob (le domestique de *la Cage aux Folles*), quand il apportait les burettes de l'offertoire, cabotinant à la Bogart (un acteur américain) quand il craquait avec classe une allumette pour le cierge pascal, agitant à la de Funès (un acteur français) une clochette stridente pour sonner l'élévation, puis stoppant net son geste et tout s'arrêtait. Un silence voluptueux, et Paul ne pouvait plus s'échapper. Puis le salopiaud remuait de nouveau la cloche plus frénétiquement encore, comme jadis les ouvreuses de cinéma agitaient leurs aumônières pour qu'on n'oublie pas leur pourboire. C'était sa façon de glisser des insanités à l'oreille de son confident, son ex futur professeur particulier, son « amant de cœur » comme il disait, son « Polisson », sa grande sœur, Paul en personne, l'immaculé Paul, si vertueux, celui qui devait lutter à mort pour que cet amour soit pur et le reste à jamais. Saint Paul qui ne pouvait pas avoir de pensées scabreuses, qui s'efforçait de les redouter, qui devait les expulser, les chasser comme des poux.

Pour fuir Tommy, Paul s'engouffra plus loin dans le creux de l'autel, convexe et concave à la fois, avec ses digressions, ses digestions, ses exclusions et ses mises en abimes, dans le ventre du curé, toujours lui, vide et plein à la fois, mystère de la foi. Il laissa libre cours aux figures imposées de son inspiration, écouta pour cela cet hymne étrange entonné par ce ventre affamé dont le refrain grotesque fut repris par l'assistance tout entière. Par elle, avec elle et en elle, glouglou, glouglou, glouglou. Les éructations allaient bon train, toujours plus sonores, ragaillardies par l'emprise qu'elles avaient sur la volonté des villageois sous contrôle, plus fortes que leur Dieu, les narguant bel et bien, jusqu'à guetter le pire de silences pour lancer leurs incantations.

Le curé, lui, semblait assumer les soupirs de ses viscères. Ensorcelé par elles peut-être. Loin de les rembarrer, il comptait bien, dans sa feinte grandeur d'âme, nous les présenter, amplifiées (grâce à la colonne d'enceintes démontables et facilement transportables que Paul avait branché lui-même, comme chaque dimanche matin depuis deux ans, avec l'aide de Mohamed, un harki râblais plutôt sexy qui travaillait au château comme homme à tout faire), avant de finalement les offrir à son Dieu un peu sourd et, involontairement s'entend, faire de son éternité un enfer.

C'est à cet instant précis (il y en a toujours un) que Paul prit sa décision.

Dehors aussi l'orage menaçait.

Et pour étoffer cet orchestre farfelu d'autres instruments grêles se joignirent aux stomacaux : les rots et les pets des culs-terreux endimanchés, bourrés déjà, parce que du vin blanc frais ils en avaient déjà éclusé quelques litres pour ce venger de cette chaleur ignoble qui leur avait cassé les reins tout au long de la semaine passée à cueillir et à labourer.

Une file d'attente se forma, la baronne en tête comme il se devait sans doute depuis longtemps. Ils partirent communier. On la faisait à l'ancienne. L'abbé Claude refusait de mettre ses hosties dans des mains si dégoutantes. Il préférait directement les glisser dans la bouche des convives qui, chacun leur tour, gueules grandes ouvertes, langues dardées, lèvres tombantes, mi-rampants, mi-volatiles, oisillons préhistoriques, mâchonnaient le corps du Christ et réussissaient à l'avaler, car un ange brun soutenait d'une main leurs mâchoires, les faisant crépiter de ses doigts électriques aux ongles rongés, de l'autre leur présentait une coupe de vin, les incitant à y tremper les lèvres avec cette moue que l'on prend pour que l'enfant mange sa soupe.

Si Paul refusait catégoriquement de faire partie du cortège, ce n'était pas parce qu'il n'était pas pratiquant. C'était pour éviter ce contact sur sa peau, autour de son cou : les doigts brûlants de Tommy, l'enfant de chœur au regard sombre.

Dehors il ne pleuvait pas encore mais le cœur y était. Paul aperçut à travers le grand vitrail délavé du fond, un bout de ciel si noir qu'il sentait le soufre à plein nez.

Julien à genoux pour mieux recevoir l'eau bénite (il n'avait pas le droit de communier, personne ne savait pourquoi, pas même le curé qui lui accordait cette compensation), baissait la tête et levait les yeux, horrible grimace qui lui donna aussitôt la gueule de l'emploi.

L'orage n'allait pas tarder à éclater.

Les vieilles sous leurs foulards craignos hochaient lentement la tête, semblant approuver les prévisions météo de leurs rhumatismes. Mais elles acquiesçaient continuellement, même pour dire non.

Et puis ce fut le drame et l'orage explosa. La caverne fut illuminée par des éclairs continus qui tournoyaient comme quand les flics goujats plantent leurs lampes-torches dans les yeux des sans-papiers. L'église y perdait beaucoup, ainsi privée de mystère. La scène s'éclaira plus encore sur Julien qui rentrait à peine de son voyage initiatique et boitillait vers sa chaise. Sa ferveur était sublime. Il semblait sortir d'une image pieuse, en celluloïd, peinte à la main, quand les rayons de soleil surgissent à travers les nuages, majestueusement, Julien le bienheureux.

Tous les regards tournés vers lui.

Mais le diable revenait à la charge, vraiment mignon ce petit diable. L'ado de chœur était bien là lui aussi qui fit valser sa robe rouge, tel un jeune toréro, au-dessus de ses jambes nues. Paul fut-il le seul à constater que Thomas était complètement à poil sous sa soutane ? Il ne put s'empêcher de bander et d'éclater de rire. Alex riait avec lui. Ils furent enchantés de leur connivence et il rit de plus belle.

Ils riaient, ils riaient et il se faisait tard. Au château ils dîneraient sans le rebelle. Pas un brin d'air entre eux deux. Toujours assis près de l'étang dont les eaux noires avaient cessé de barboter au milieu des joncs, ils aperçurent des petits nuages de vapeur blanchâtre qui lévitaient à quelques centimètres au-dessus de la pelouse. Ils comprirent vite qu'il ne s'agissait pas de « spectres provenant de l'âme d'elfes déchus » et se mirent à courir après les poules blanches en se gondolant comme des gamins. Thomas a voulu plaire à Paul en se mettant à foncer tête en avant, imitant le rugbyman toutes jugulaires dehors, pour les poursuivre et les plaquer à terre. Les volailles caquetaient comme « des folasses dans les couloirs sombres d'un baisodrome ». Les plumes volaient de partout. Puis, lassé par des proies trop faciles à attraper, il s'est mis à faire subir à Paul le même sort, le pourchassant, en poussant des miaulements de chatte en chaleur, pour le coincer contre un buisson de ronces. Il s'est finalement jeté sur lui et l'a saisi par la taille en le faisant tomber, l'entrainant avec lui. Ils ont roulé sur le gazon où ils se sont vautrés, enlacés, hors d'haleine, comme des jeunes fiancés. Tout essoufflé, Thomas a dit « Je ne te quitterai jamais », lentement, en articulant, transformant sa prise ferme en caresse soutenue, ses doigts se refermant sur la nuque de Paul qui sentit naître et mourir, naître et mourir, encore et encore, une envie de pleurer. Tout ça le premier jour de leur rencontre.

Le spectacle était de qualité dans cette église ce dimanche là. L'affriolant provocateur avait tout allumé : Paul était en nage. Le sceptique curé s'en lavait les mains. Julien était enfin à sa place. Thomas finissait de se rhabiller. Et l'ennui était vaincu. Dehors le vent soufflait et les arbres pliaient. Dedans, les spectateurs, bizarrement, se congratulaient en se serrant la pogne. Thomas devait sonner la fin de la représentation. Les virrelonguais la redoutaient puisque les obligeant à affronter la pluie. Ils n'étaient donc pas pressés. Tommy souleva la clochette sans trembler, lentement, jusqu'à la hauteur de ses yeux. L'abbé Claude attendait, les mains jointes sur son ventre, pressé lui de retourner boire un gorgeon dans sa sacristie. Thomas le savait. C'est pourquoi il prit son temps pour carillonner et se donner l'importance qu'il méritait. Mais il choisit le pire, c'est-à-dire plus de gamma-GT pour le curé et l'apocalypse pour tous les autres, les précipitant dans la tempête. Il agita le grelot fièrement comme s'il s'agissait d'une tirelire bien pleine. Vite et bien, enfant de chœur vainqueur, seul gagnant apparent dans cette affaire un peu louche, enfant de chœur danseur, qui sautillait plus léger que sa cloche, faisant se soulever ses jupons rouges et ses dessous blancs au rythme de ses sourires troublants.

« Allez dans la paix du Christ » tonna le curé qui finit de leur mettre des frissons dans le dos avant de disparaitre par une porte invisible. Thomas en fit autant mais avec la grâce, le style et l'aisance du mannequin fétiche d'un défilé de mode.

L'ordre de départ fut sensiblement le même que pour la communion. Les premiers à s'ébranler, les nobles, madame la baronne et Félix, le petit frère de Thomas, puis les dignitaires, Paul, Monsieur Gustave, Maxime le facteur, Sofia la patronne du bar-tabac, Louise la Gouvernante, puis les autorités, le Maire et ses adjoints, tête du défilé qui passa le peuple en revue. Lorsque les différences de classe furent moins évidentes, ce fut la panique et les fidèles s'engouffrèrent dans l'allée centrale comme dans une queue de PMU.

Julien s'était précipité pour ouvrir les lourdes portes en chêne. Il leur offrait un monde dévasté.

Mais il souriait et ses yeux brillaient. Il bavait encore un peu aussi. Il détourna deux fois la tête. Lorsque la baronne le croisa et lorsque Paul fut à sa hauteur. Peut-être parce qu'ils avaient été les deux seuls à le regarder en face.

Les autres firent mine de l'ignorer à la façon des acteurs qui doivent ignorer la caméra, mis à part les enfants, qui ne jouaient pas la comédie, innocents donc sans pitié aucune, qui se moquaient ouvertement de l'Idiot en chantonnant le surnom dont ils l'avaient affublé, le nom de son chien, le fidèle compagnon qui venait d'être tué, « Pluton ! Pluton ! T'as fait pipi ! T'as fait pipi Pluton! ».

CHAPITRE DEUX

Midi.
Dans le narthex.

En feuilletant son missel, Paul constata avec amusement qu'il était beaucoup question de manteaux, un vrai catalogue de la Redoute mais sans les fameuses lingeries dont lui avait parlé son grand-père, d'avant les films pornos devenus si accessibles que le péché n'avait plus de goût. Des manteaux offerts à des gens frileux, des manteaux coupés en quatre, partagés entre tous les aveugles, les orphelins, les femmes accouchées et les éclopés du coin, des manteaux galamment jetés sous les pas d'une personnalité, des manteaux recouvrant les fossés boueux, pendus à un buisson ardent, remplis de serpents pour faire peur... des manteaux partout.

- T'as une Bible toi le mécréant, la chienne d'infidèle ?
- C'est un missel. Oui et alors ?
- Ce n'est pas un peu de la provoc' ?
- Ouais ?
- Ouais.
- Regarde ! Il y a même mes initiales sur la couverture « P.D. » gravées en lettres d'or SVP !
- Ah ! Alors respect ! Cadeau d'une admiratrice, ou... d'un admirateur ?
- D'un banquier.
- C'était qui le client ? Toi ou lui ?
- Connard ! Je n'ai jamais... je ne me suis jamais fait... Non, il m'a offert ce missel parce qu'il comptait me remettre sur le droit chemin... c'est un peu compliqué... C'était mon professeur de chant... il est mort depuis longtemps... j'ai retrouvé ce truc hier soir dans un vieux carton et je l'ai pris pour le donner à

Julien... mais je n'ai pas osé, je ne sais pas pourquoi...
- Vas-y ! Il est resté dans l'église...
- Oui, non... je vais l'attendre ici.
- Mais qu'est-ce qui te prend de fouiller dans tes souvenirs, ça va pas ? Tu flippes ma puce ?
- Non, pas de soucis, tout baigne, mais toi, par contre, tu n'as pas l'air très en forme ! Grippe ? Gastro ?
- Ouais... C'n'est pas la pleine forme, une petite baisse de régime... mais ça va aller mieux, n'aies crainte ! Un peu de repos, une bonne sieste avec ma belle, et hop ça repartira !

Dans le narthex de l'église, entre la mort et la vie ou le contraire, entre la mort, la souffrance extérieure et la vie, la délivrance intérieure, ou l'inverse, Léopold, le seul ami de Paul, à Virrelongues du moins, ne lui épargnait pas sa saine ironie aux dents blanches. Il apportait des parapluies. De la pure gentillesse, pour donner plus de poids à sa bonne action, pour qu'elle ne soit pas ostentatoire, cachée derrière son soi-disant sens du commerce puisqu'il avait, dans sa distribution de pébroques, privilégié ses fidèles clientes, celles qui iraient tout droit dévaliser ses pâtisseries.

Mais, comme à la boutique, Amalia, qui était à la fois sa mère et sa vendeuse, était bien à son poste, Léopold avait tenu à rester avec son ami pour qu'ensemble ils attendent une accalmie.

Midi précis mais point de midinettes. Même pas d'ex petites mains. Plutôt des anciennes rougeaudes costaudes. Pas de jeunes filles en fleurs. Plutôt des arracheuses d'orties à mains nues. Et la moyenne d'âge : soixante ans. Jeanne de Sauvebonne était l'exception, la belle dissonance.

Comme les autres, Paul pensait à toutes leurs attentes mélangées, les gonflées de désir, les aigries et les désespérées. Poupons excités tout frais sortis du ventre de leur mère, ils étaient tous traversés de grands frissons et cela leur suffisait pour partager un certain bonheur et un affolement certain.

Avec Léopold, trois fois rien devenait abracadabrant, les trois poissons une armada de chalutiers cales à ras-bord, les trois grains de maïs des montagnes de pop-corn ravitaillant tout Broadway. Il avait apporté des milliards de parapluies mais cela ne suffisait pas à la trentaine d'ex-fidèles qui attendaient une trêve du déluge. C'était un instant privilégié comme avant l'orage, celui qui précède un cataclysme ou celui que les très vieux ont connu dans les abris, attendant la fin du bombardement de leur village, la destruction de leurs biens. Léopold parlait encore de sa mère. Faisant les gros yeux comme des billes blanches, il leur posait ses ultimes questions, toujours les mêmes, mais n'attendait pas de réponses malgré le suspens qui était à son comble, le silence de circonstance, trop long et trop lourd bien que la musique inquiétante qu'il faisait en tapotant les secondes sur son front n'était pas vraiment à la hauteur de celle des jeux-télés. Pourquoi sa mère était-elle partie ? Pourquoi en Afrique ? Et LA question : Pourquoi partir ?

Toutes et tous, dans ce narthex, étaient capables de tout quitter pour partir, du jour au lendemain ? Pas sûr. Amalia était d'abord montée à Paris où elle avait réussi à faire des économies, en vendant des petits gâteaux, préférait croire Léopold. Toujours était-il qu'elle avait finalement pris un avion vers la grande lune à l'envers. Elle y avait rencontré un beau sénégalais polygame et, sur la berge du grand fleuve qui serpente autour de l'île, si beau et si majestueux, ils avaient conçu Léopold sur un air de Kora.

Paul sourit en pensant au bouquet de pâquerettes qu'il avait trouvé la veille devant sa porte avec ce mot de Thomas « Je ne couche pas hors mariage… Patience… Ton A. »

- Tu m'écoutes ?
- Oui oui… quelle histoire dis-donc !
- Et en plus c'est vrai !
- ?
- Le chirurgien… à l'armée, le chirurgien en chef, c'est ce qu'il m'a dit… une luxation acromio-claviculaire ! Tu te rends compte ?

Paul avait rêvé d'un beau mec inconnu qui portait un masque pailleté d'or. Il faisait glisser ses doigts mouillés sur son sexe comme sur les bords d'un verre en cristal. Les soupirs que cela produisait, la lenteur de cette caresse, avaient entrainé une « émission nocturne » qui l'avait d'abord amusé (cela faisait longtemps) puis l'avait légèrement vexé jusqu'à le faire flipper complètement.

- Eh oh ! Mon Polo ! T'es parti où ? Tu veux voir ? Tu ne me crois pas ?

Et, pour convaincre le seul Paul, Léopold, sous les regards excédés ou impassibles des autres, dégrafa deux boutons de sa chemise aux coquelicots géants et, avec l'air de dire « regarde mon dos comme il est beau chéri ! », découvrit son épaule, là, dans l'entrée de l'église.
- Alors tu vois !

Ils virent tous un bosquet de longs poils bouclés aussi inattendus sur cette peau de jais que sur les fesses d'un jeune charbonnier champion de toboggan. Ces nouveaux indices mirent soudainement en évidence la touffeur de ce regroupement fortuit. Chaleur, chaleur ! De ce rassemblement jaillirent des âmes blanches et noires, représentatives de la communauté de Virrelongues, qui laissèrent libre cours à toutes les imaginations, mutines ou coincées. Le troupeau d'ouailles se regroupa comme des vaches sous le seul arbre du pré. La toison du beau sénégalais était devenue plus réconfortante même que ce vestibule qui jusque là était leur seul refuge. De ce hall qui aurait dû leur permettre de passer de l'autre côté sans brusquerie, s'échappait une vapeur de plus en plus dense et ça sentait l'ail, la sueur, le sperme, le bordel, le sauna pédé où on attrape des verrues plantaires.

Paul, en regardant, à travers le rideau de flotte que crachaient les gargouilles, la pluie qui hachait menu les feuilles du grand arbre, pensa successivement à *Psychose* et à la haine de ces putes en manque d'héro qui l'avaient attaqué à coups de sacs à mains et d'ongles cassés alors qu'il s'était volontairement égaré dans un quartier mal famé de Barcelone.

- Demain je commence une série de ramonage !

Dit Léopold en comptant bien regagner l'attention de son public et permettre à Paul de revenir vers la berge.

Le sénégalais semblait impatient de passer de la farine à la suie. Il s'était lui-même désigné comme étant le seul capable de grimper agilement sur les toits de ses concitoyens. Le plaisir qu'il prenait à cette tache ingrate semblait n'être dû qu'à l'opportunité qu'elle lui donnait de jouer avec les mots, son péché mignon. Et d'être grivois quand il était en compagnie de culs serrés. Il pouvait parler du va et vient de son hérisson de fer dans les conduits de toutes les cheminées du village. Particulièrement dans celle du château, la plus belle mais aussi la plus escarpée et la plus dangereuse.

Mis à part que Léopold et ses tours de passe-passe le faisaient triquer à mort, en tout bien tout honneur, Paul l'aimait surtout parce qu'il était contrasté. Tantôt blanc tantôt noir, tantôt mitron tantôt fumiste. Vigoureux et doux. Sucré salé. Tendre et fougueux. Et il devait en avoir une énorme.

Mais il n'était pour Paul que son guérisseur et son amuseur. Il n'était le dessert que pour Jeanne, la veuve callipyge, la châtelaine, l'indolente baronne aux bras blancs.

Ils regrettaient tous de n'avoir pas suivi les conseils du coiffeur qui, vendredi, jour d'affluence, avait prétendu que les cheveux de ses clientes étaient mous et difficiles à tailler, que c'était donc annonciateur de mauvais temps. Il ne balayait presque jamais les mèches qui couvraient le sol, « pour qu'elles se mélangent » ou « sa relation clientèle », disait-il. Tous avaient remarqué son absence à la messe d'autant plus qu'il s'était mis subitement, depuis quelques semaines déjà, à brailler les cantiques avec une voix de crécelle. Paul savait pourquoi. C'était encore un coup de Tommy qui avait pris le coiffeur en grippe et l'obligeait à chanter faux et fort en le faisant chanter justement. Il détenait une photo compromettante du coiffeur, la bite à l'air, le gland en feu, les yeux rouges pareil, à cause du flash. Thomas lui avait promis une pipe d'enfer et ne lui avait accordé que l'enfer. Comment avait-il réussi à convaincre cet hétéro pur jus ? Cela aurait dû être un mystère, pour Paul c'était une évidence.

Ils continuèrent de plus ou moins bavarder. Des cultures pour qui cet arrosage était providentiel car il n'avait pas plu depuis une quarantaine de jours. Des biscuits mous malgré leur conservation dans une boîte en fer. De ces idiots de commentateurs télé qui étaient toujours du côté du plus fort. Des flics qui n'étaient pas assez corrompus pour faire du bon boulot. De l'absence de Christian. Des touristes anglais. Des présentateurs météo qui parlaient de très beau temps quand les vieux tombaient comme des mouches et que c'était la sècheresse partout…. Tout à coup s'éleva, au sommet de ce brouhaha d'avant lever de rideau, une voix gravée dans la rocaille, l'emportant même sur le raffut de la pluie, celle de monsieur le Maire qui annonça en relevant le menton comme un avaleur de sabre : « Moi j'vais bébéboire un coup chez François ! » et malin, paupières closes, lèvres humides, « Qui m'aime me suive ! ».

Il ne bégayait pas trop parce qu'il était déjà passablement éméché. Un anonyme chuchota « On va pouvoir respirer ! ». Mais cette perfidie provenait sans doute d'un opposant politique et le premier magistrat fit semblant de n'avoir rien entendu. De toute façon c'était incontestable : il était absolument énorme, un vrai molosse en costume bleu marine et il tenait d'autant plus de place qu'il faisait le vide autour de lui. Il postillonnait et, quand il parlait ou essayait de sourire, on ne voyait que la rangée de ses dents du bas. Signe de son appartenance à la hargne et à un parti d'extrême droite. Il enfonça donc une fois de plus une porte ouverte (ce qui le fit trébucher) et il s'élança sur la place comme un général à la tête de ses troupes de fidèles lèches-culs qui, eux, se retranchèrent dans une belle pagaille.

Sa sortie précipitée causa bel et bien un appel d'air qui souleva le jupon de la baronne et ouvrit les sacs à mains des rombières. Aussitôt refermés par elles avant que tous les pickpockets présents puissent y glisser la moindre phalange. Et cela fit le bruit d'une mitrailleuse hystérique dans le dos des fuyards. Sélection naturelle, les moins proches de Paul, la plupart des survivants, furent expulsés hors de l'enceinte sainte et ils filèrent au bar ou à la boulangerie, avec des gerbes d'eau qui jaillissaient de leurs pas. Les rares parapluies distribués s'ouvrirent comme les jambes des nageuses dans un macabre ballet nautique puis se heurtèrent comme des corbillards sur une piste d'autos-tamponneuses. Les comparaisons de Paul ne suffirent pas. Dans la version de Léopold qui surenchérit, les autres, divisés en petits groupes gris, ressemblaient à des baleines. L'une d'elles explosa, celle des vieilles peaux, l'armée de bigotes aux cheveux bleus, les ouvrières du Moulin à papier (pour fabriquer les livres. La poésie, on l'imprimait sur de la cellulose extraite de fougères, d'orties, de rafles de raisins ou de crottin d'éléphants), emmenées par Louise, déléguée syndicale, qui décida de la jouer perso, courant de son côté, lâchant ses camarades. Celles-ci, se tenant encore la mâchoire comme si elles souffraient toutes de la même éternelle carie, se dispersèrent autour de la place. Douze portes s'ouvrirent pour les accueillir du bout des lèvres. Le reste fut avalé par le Bar Central. Le monde était sans dessus dessous mais la pluie, elle, tombait toujours de haut en bas.

Les derniers résistants, les six compagnons d'incertitude, semblaient pétrifiés dans cette sorte de mausolée de granit. Comme s'ils avaient peur qu'il pleuve du vitriol. Trois couples entre deux valses : Jeanne de Sauvebonne et son fils Félix, deux têtes rouges et bouclées, des cailles dans une cage ouverte sur la forêt meurtrière, attendant celui que tout le monde semblait espérer, Thomas, qui n'était pas encore revenu de la sacristie. Un couple bleu et jaune, les deux canaris, Monsieur Gustave, l'entomologiste, le « punaiseur de punaise » et son compagnon, son mec, son mari, sa poule, son Maxime qui n'avait pas quitté son uniforme de préposé de la Poste, ni sorti une seule contrepèterie depuis déjà deux minutes et Dieu sait qu'il aimait les collections lui aussi et ne perdait jamais, lui aussi, une occasion de les étaler. Léopold, enfin, et Paul, tout aussi muets, un noir et un blond, intrigués comme les autres par un je ne sais quoi qui faisait battre leurs cœurs à tout allure.

Julien était resté à l'intérieur, encore à genoux, toujours à sa place. Il priait encore ou bien avait-il honte de cette nouvelle tâche poisseuse qui, pourtant, parmi tant d'autres, passait déjà inaperçue. Il ne bougeait plus. Il tenait sa tête entre ses mains, sa tignasse compacte filait entre ses doigts pâles.

Paul se dévoua et retourna dans l'église. Il se fit au passage la réflexion que le chemin de l'entrée était le même que celui de la sortie, alla trop loin, revint sur ses pas, s'approcha de l'Idiot et posa une main sur son épaule pointue et glacée.

Julien, qui n'était pas encore mort, eut un brusque recul et ses yeux s'illuminèrent quand il reconnut Paul. Celui-ci prit un malin plaisir à le tirer de ses rêvasseries. Sa fausse bonne conscience le persuada qu'il ne s'agissait pas d'une intrusion mais d'un geste secourable.

- Julien ? Tu dormais ?
- Non, Monsieur Paul ! Euh… je dormais, monsieur Paul ?
- Tu es gelé ! Viens je vais te prêter un pull.

Il le saisit par le bras et le tira pour le mettre debout. Julien se laissa faire. Puis il se rappela sa braguette humide et il se mit à gémir en tournant le dos pour se cacher.

- Allez viens ! On va chez moi pour te prendre un pull… arrive ! Allez on se dépêche ! On va courir parce qu'il pleut beaucoup ! On court ?

Ce fut donc l'Idiot qui donna à Paul le courage d'affronter le déluge et l'audace de ne plus attendre Thomas. Les autres les laissèrent passer, un peu ahuris. Ils les virent décamper et furent à deux doigts de penser qu'ils faisaient plaisir à voir, Paul et Julien les deux boiteux qui fuyaient ensemble. Une seconde Julien se baissa pour ramasser quelque chose. Ce n'était pas étonnant, il ne pouvait pas s'en empêcher, une vraie poubelle ambulante. Sinon ils étaient les mêmes, avec leurs quatre jambes maigres qui survolaient les flaques d'eau et leurs deux nez pointus qui fendaient les flots. Ils ramaient pareil. Ils étaient parfaitement synchrones.

Ils durent s'arrêter pour reprendre le souffle qui leur manqua juste au même moment. Ce fut sous le perron de la grande maison aux volets toujours clos. Paul vit l'Idiot devant lui qui après une courte hésitation, se mit à faire des pirouettes et à haleter comme un chien. Ce devait être pour le faire rire. Une imitation de Pluton, le chien mort. On ne comprenait pas s'il fallait rire ou pleurer. D'ailleurs on ne pouvait pas savoir non plus si l'Idiot riait ou pleurait. C'était dégoutant en fait.

Paul ferma les yeux pour ne plus voir ce spectacle.

CHAPITRE TROIS

Treize heures.
Dans le bar.

Paul retraversa la place désertée. Sa jambe lui faisait encore mal mais il traçait. Il vit que les fleurs en plastique du monument aux morts étaient couchées dans la boue.

Paul n'avait plus son missel. Il l'avait bien donné à Julien. Donné de chez donné.

La cabane de l'Idiot (les virrelonguais parlaient du « cabanon »), était le plus sûr des abris puisque Julien l'avait tapissée de grands cartons, les emballages de tous les écrans plats et de toutes les machines à laver. Il l'avait bâti entre deux arbres eux-mêmes protégés par une double rangée de pins parasols, au creux d'une tendre vallée bordée de deux collines rondes, entre deux villages fortifiés (Virrelongues était l'un d'eux) encerclés de belles forêts bien touffues où tournoyait la route nationale qui, du haut des bosses, ressemblait à la peau grise laissée derrière elle par une vipère naturiste.

Lorsque Paul poussa la porte du Bar Central, il se dit que Julien était encerclé par les parenthèses.

François le patron et son épouse pamplemousse ne se donnèrent pas la peine de le saluer. L'apéritif coulait à flot au bout de leurs mille bras quelquefois dans les verres surtout sur le comptoir. De palissandre le comptoir. Comme l'autel de l'église. Les deux crémiers avaient le même ébéniste.

Comme dans pas mal de petit village, le Bar Central faisait office d'alimentation générale, de droguerie, de bureau de tabac, de pharmacie et de sex-shop. Paul se glissa entre le tourniquet des cartes postales sépia et une vitrine remplie de farces et attrapes, avec des masques de carnaval, des faux-nez et des fausses oreilles.

Le côté épicerie était fermé et son accès défendu, dehors par une barricade, dedans par un sens interdit dessiné au feutre sur un carton de bières.

Le Maire était assis bien au fond de la salle et dos aux fenêtres, parce qu'il avait peur de l'orage. La seule trouille qu'on lui connaissait, bien gauloise. Il était sûr que la foudre n'allait pas le rater. Si elle tombait dans les parages ce serait pour sa pomme. Le voir ainsi tétanisé, suer à grosses gouttes, se boucher les oreilles, se cacher derrière un écran de courtisans soudés par leur saoulerie commune, c'était le pied pour une folle comme Paul.

« Tu nous en remets une, la chinoise ! », hurla le Maire en panique, pour donner le change. C'était le surnom de la patronne qui était en fait cambodgienne et qui répondit avec une voix hyper aigue, un contre-fa qui aurait fissuré tous les verres s'ils n'avaient pas été trempés à 700 degrés puis brutalement refroidi dans les usines *Duralex* : « Tu te déplaces, Camille ! J'ai pas dix bras ! ». Preuve que le Maire ne dominait plus la situation. Et parce que le couple de patrons ne quittait jamais leur comptoir, acteurs flagorneurs, squattant le théâtre, même après les rappels, après que la salle soit vide et les projecteurs éteints.

Paul qui n'était pas en odeur de sainteté parce que ne payant jamais la sienne, eut envie d'emmerder son monde en commandant un thé bien chaud. Alors que tous trouvaient judicieux de se faire bien voir en prouvant leur générosité, eux si avares dès lors qu'ils quittaient le troquet, attendant la dernière seconde de l'heure bleue, le bout de la queue du loup, pour allumer l'ampoule basse-consommation à peine capable de les aider à discerner le bord de leur godet pour ne point gaspiller la goutte, eux qui refilait successivement toutes les fringues de leurs ainés à leur ribambelle de morveux, avant de les exploiter aux champs l'un après l'autre, au Bar Central, métamorphosés, ceux-là ne rechignaient pas à la dépense et offraient tournée sur tournée à leurs pires ennemis.

Paul savait qu'il serait servi sans trop d'empressement. Il avait tout le temps de rédiger dans sa tête un nouveau chapitre du chef-d'œuvre qu'il comptait écrire un de ces jours. Il prit là les individus dont il avait besoin et sans leur accord, s'arrangea pour leur donner une stature de personnages de roman.

Après le repas de midi, chaque dimanche, pendant que François, le patron, faisait de sa sieste un rêve creux où il barbotait entre deux eaux de vie, la mystérieuse Sofia rejoignait son gros Camille, le Maire amant, au dernier étage de la petite maison rose qu'il avait hérité de sa pauvre femme, morte en couches. Ces rendez-vous coquins n'étaient un secret pour personne, même pour le mari qui ne s'estimait donc pas trompé. Paul était très amateur de pénombre dans une chambrette dérobée. Autant que du raffut que font les moissonneuses-batteuses en délire pendant que derrière un buisson un jeune homme aux yeux révulsés jouit précocement sur la robe blanche de la gardienne d'oies qui vient d'arracher les pétales d'une marguerite un peu beaucoup passionnément à la folie pour accepter une main dans son corsage. Mais, à travers la fumée qui tourbillonnait dans le bar, il put voir la chinoise rayonnante chevauchant le grotesque Camille. Il passa par la fenêtre du troisième et pénétra dans une sorte de grenier aménagé en boudoir avec des miroirs partout et des gadgets en latex. Il entendit la pluie et ses glissements de fermetures Eclair que l'on ouvre sans cesse, la pluie sur les tuiles, sur le goudron, dans les gouttières, dans les bassines, dans le lavoir, dans les cuvettes en fer des poulaillers, dans la soupe de graines en bouillie. Le Maire roucoulait sous les petits pieds de la chinoise qui portait des talons aiguilles aussi efficaces que ces oiseaux qui viennent picorer des asticots sur l'épaisse peau ondoyante des rhinocéros. Il avait gardé son caleçon pour que la foudre ne le surprenne pas tout nu. Un coup de tonnerre et le revoilà debout, halluciné, rentrant l'antenne escamotable du téléviseur sur lequel il visionnait des cochonneries imitables, débranchant le téléphone, éloignant tous les bibelots métalliques, laisses, menottes, cockring. La lampe de chevet chromée elle aussi voltigea de peur qu'elle n'attire la soudaineté de cette mort dont il ne craignait que la soudaineté précisément. Il n'avait pas l'intention de partir en fumée. Il comptait organiser ses propres funérailles. Plus belles encore que celles de son père, ce titan qui exploitait jadis la carrière de roches qui l'avait écrasé, tué et enterré le jour de grand orage où il était resté seul pour extraire la pierre de Rognes destinée au tombeau que le baron de Sauvebonne lui avait commandé. De son père, Camille avait la voix rocailleuse, le bégaiement aussi. Le petit poucet, il ne pouvait pas le voir en peinture. Les aristos non plus. Et l'orage bien sûr. La chinoise resta de marbre et attendit, assise sur le lit, le retour de son amant déchaîné contre les éléments. Après avoir fait le ménage, le Maire alla fermer tous les volets en les accrochant solidement. Il tremblait de partout. Ses bourrelets frémissaient comme de l'eau bouillante. Il était furieux contre lui-même, contre sa propre peur, excédé par les éclairs qui filtraient toujours dans la chambre de satin, la faisant chavirer. Il en fut presque dessaoulé, tenta de dire quelque chose, ouvrit la bouche, mais aucun son ne sortit, comme dans les mauvais rêves. Le scénario de Paul ne mit pas pour autant sa vigueur en péril et il repartit dans les crevasses des draps pour…

Paul calait. Il prit une autre voie, partit sur une autre idée, celle de la carte de France en relief que, jeune élève, il avait retournée pour faire une farce à son instituteur et pour frimer devant ses camarades. Il constatait qu'il était déjà recto-verso à l'époque. Il aimait encore puérilement le jeu de l'envers qui transformait les montagnes en gouffres et les mers en massifs. Bisexuel certainement, mais on l'avait forcé à choisir un chemin. Et pédé comme un phoque pédé ça lui convenait tout à fait. Se marier c'était une autre histoire et il devrait de toute façon officiellement attendre la majorité de Thomas pour lui demander sa main…

Paul déraillait. Le corps exorbitant du Maire s'affalant sur le dos cireux de son amante, sa main potelée fouillant la raie humide de son cul, les cris essoufflés de la divine à demi-ensevelie, ses deux seins, ses deux lolos pâlots, s'écrasant sur le matelas trempé, le déplacement d'air qui suivit, les *Kleenex* qui s'envolaient pour aller se coller contre les murs, les dérapages presqu'à la jouissance, la moiteur de l'ensemble, Camille se mettant à grincer des dents, crissement de la scie à l'instant où la bûche va se fendre en deux... Paul n'en menait pas large, il avait des vertiges et un peu mal au cœur. Des dragons l'entouraient et leurs souffles le brûlaient. Il se resservit une tasse de thé et y ajouta une montagne de sucre en poudre. Ses ongles raclèrent le zinc quand il voulut écrire tout ça dans les flaques luisantes qui attendaient en vain un coup de torchon et qui stagnaient sur le comptoir comme des doryphores endormis. Il eut très peur quand il sut qu'il était borgne et que de son œil valide coulait un liquide vert et gluant qu'ils ne se donnèrent pas la peine d'éponger, qui se répandait devant lui sur ses cahiers d'écolier. Il arracha une page moisie et la jeta par la fenêtre. La boule de papier se déplia en plein vol et se transforma en cygne qui partit au-dessus de l'étang, vers la cabane de Julien. L'Idiot lui aussi écrivait partout, sur l'écorce des arbres avec un vieux clou, dans le sable en dansant, sur la peau de son ventre avec un roseau taillé. Paul en faisait autant avec ses doigts dans la bière. Dehors la pluie, la pluie. Des jeunes indigènes cavalcadaient sur leurs scooters ou leurs BMX. Paul les voyait précisément comme à travers des jumelles, à pouvoir toucher le grain de leur peau et la chair de poule sur leurs cuisses nues. Il vit un des apaches abandonner son vélo et partir en courant. Cela se passa trop vite. Il n'eut pas le temps de le reconnaître. En plissant les yeux il put l'apercevoir qui escaladait la clôture d'un jardin. Louise surgit en jurant, brandissant une fourche. Le garçon détala. Mais elle continua de le pourchasser avec un fusil à la main. Elle empoigna même son dentier pour le lancer sur le fuyard qui prenait la direction des plages...

Paul était en pleine mer. Il fut pris de nausées. Une main cristalline lui tenait le front pour l'aider à vomir. C'est là qu'il s'évanouit.

Devenu net, ses contours achevés, ce fut Léopold qui surgit le premier dans son champ de vision. Il gesticulait autour de Paul qui s'était retrouvé étalé dans la sciure. Cela ressemblait plus à un rite vaudou qu'à des gestes de secourisme et c'était plus terrifiant que rassurant. Léopold s'en rendit compte assez vite et, un peu à contrecœur car il aimait bien faire le show, il prit son ami dans ses bras pour l'aider à se relever. Il fit de la place en roulant simplement les yeux et il trouva une chaise à une table en dégageant vite fait les verres et les buveurs. Il y installa Paul en le posant délicatement comme la cerise sur le gâteau de tout à l'heure.

- Tom...
- Comment ça va mon Polo ? Tu vas mieux ? Tu veux que je fasse venir un docteur ?
- Non, non ! Tes incantations me suffiront ! Et un coup de gnole aussi, peut-être...
- Un *Garlaban* patron s'il te plait ! On the rocks please !
- L'orage est fini ?
- Oui ma poule, comme si rien ne s'était passé ! Qu'est-ce qui t'es arrivé mon Polo ?
- Je ne sais pas... je suis tombé dans les pommes... je suis peut-être enceinte !
- De qui, de qui, mon salopiaud ?
- Il est de toi.
- Arrête tes conneries !

- Ok.
- Tu sais que Julien s'est fait un chapeau de mousquetaire ? Il a collé des antennes torsadées sur sa casquette et il leur a accroché des vieux tissus rouges. Il se balade comme ça. C'est son nouveau look. Il ressemble à une voyante de foire, à un totem humain… Ou à un poète…
- Ou à une folle tordue ! Tu l'as vu récemment ?
- À l'église oui… comme toi. Tu es parti avec lui en courant tout à l'heure…
- Non parce que je l'ai perdu en route et je n'ai pas eu le courage de le chercher… avec cette pluie… Il s'est évanoui et pour de bon en ce qui le concerne… S'ils n'ont plus leur Idiot il leur restera leur Folle….
- Qu'est-ce que tu débites comme conneries!
- Avant de partir dans le coma, j'ai vu des éclairs bleutés, des sortes de flashs, même le sucre était phosphorescent… et j'ai eu plein de picotements partout, et des lancements dans la tête, j'avais l'impression d'être une poupée vaudou !
- Tu crois que quelqu'un t'en veux ? Qui ?
- Toi ?
- Fais gaffe ! Ils vont te croire ! Ils m'ont bien embauché pour chasser le mauvais œil de leur puits l'année dernière !

- Je sais, c'est toujours le moyen-âge ici ! C'est ce qui fait le charme de Virrelongues. On se fait une petite bouffe ?
- Tu sais que les dimanches sont réservés à ma mother !
- Tant pis ! Je croyais que tu aurais pitié de moi ! Je mangerai seul, comme d'hab' !

Léopold allait dire « mon pauvre chou ! » quand déboula Monsieur Gustave avec un bout d'éclaircie. Ce n'était pas exceptionnel. Il le faisait toujours. Un vaudeville ambulant. Les portes claquaient avec Monsieur Gustave. Ils n'aimaient que ça : les entrées et les sorties. Toutes réussies. Pour ne jamais lasser il ne restait jamais, il venait, faisait son effet et il repartait. Sous les applaudissements. Ils ne furent donc pas surpris quand il se précipita ainsi au Bar Central pour annoncer à la cantonade qu'il venait de perdre son stylo. Lorsque son public était au complet il ajouta avec un détachement vraiment héroïque qu'ils venaient, lui et Maxime, de se faire cambrioler pendant qu'ils étaient à l'église. Et ça monta encore en puissance, toujours plus fort, le voleur s'était contenté de vider tous les meubles de la maison et n'était repartit qu'avec les tiroirs et les boîtes… en laissant leur contenu éparpillé sur le plancher.

Paul, qui était encore sous les effets bien sympathiques de la drogue et de la tendresse de Léopold (il n'y a rien de plus réconfortant qu'une bonne baise avec un hétéro), se remit à broder son chef d'œuvre en imaginant clairement le fantastique enchevêtrement des papillons, des binocles, des cigares, des bouquins, des chaussettes, des fourchettes, des bouchons, des cartes bleues, des lettres d'amour et des allumettes, tout ça dans les ocres et les bleus du tapis oriental que le couple avait ramené de son voyage de noce à Marrakech.

Il ne fut pas déçu.

CHAPITRE QUATRE

Quatorze heures.
Chez Maxime et Gustave.

La moitié du Bar Central pour ainsi dire la moitié de la population de Virrelongues, tous se retrouvèrent au milieu des objets sans tiroirs, entassés dans la petite maison de Maxime et de Monsieur Gustave.

Le vide était impressionnant.

Les contenants avaient tous disparus. Les petits contenants. Mais pas les récipients tels que les verres et les bouteilles, ni les vases et les bocaux. Les tiroirs et les boîtes manquaient à l'appel. Le secrétaire, le bahut, l'armoire à pharmacie, le buffet, les placards de la cuisine, la commode, les deux tables de nuit, le bureau étaient vides plus que vides. Les tiroirs et les boîtes s'étaient fait la malle, ainsi que tous les compartiments du frigo. Les trésors qu'ils conservaient étaient tous là abandonnés sur le sol, ignorés, semblant avoir perdu leur valeur et leur usage. L'argent liquide n'avait pas été touché, seulement dispersé avec le reste, comme le reste, dans cette exhibition surréaliste, dans cette pile indécente, cette partouze de machins trucs.

Paul, Léopold et les autres commençaient à plus ou moins ricaner. Cela ne faisait pas très sérieux. C'était trop baroque, trop sarcastique, digne d'un fou peut-être mais d'« un gros enculé susurement » vociféra le Maire qui se tâtait pour appeler les flics.

Monsieur Gustave qui, c'était évident pour tout le monde, pensait bien que seul l'Idiot était capable d'une telle performance artistique et qui, comme toute le monde, savait que c'était impossible puisque Julien était avec eux à la messe, que son alibi était en béton, Maxime et lui étant venu directement de chez eux à l'église, se mit à ramasser ses insectes aussi délicatement que des chanterelles dans le bois et en profita pour leur donner un cour magistral, faussement improvisé, qui ne fit que nourrir l'admiration de ses concitoyens, cette admiration qui lui avait permis d'imposer sa relation homosexuelle, évitant le scandale, le rejet et l'exil.

Il déposa ses trophées sur la grande table de la salle à manger, présentant chacun de ses spécimens :
- Celui-ci est un Canigo Prometeus. Il imite la chouette pour ne pas se faire dévorer par les autres insectes... je l'ai attrapé avec ce filet en bambou... avant qu'il ne se fasse avaler par l'oiseau de Minerve qui en raffole.

Paul s'il manquait un jour d'imagination pouvait compter sur la vie de Monsieur Gustave pour faire un best-seller avec sa biographie. Gustave Lagrange avait jadis beaucoup sucé, et de surcroit un attaché culturel, ce qui n'est pas de la tarte, pour être directeur d'un petit cinéma d'art et d'essai, l'Eden cinéma. Puis il était tombé amoureux fou d'un homme enfant, Ulysse, qu'il avait embauché pour déchirer les tickets et distribuer les lunettes 3D. Celui-ci ne tarda pas à le tromper avec un garçon de son âge. Monsieur Gustave l'apprit en fouillant dans les SMS de son amant. Il ne voulut pas rompre et tint à souffrir davantage en le gardant près de lui grâce à un emprunt, puis à une carte Cofinoga. Un crédit revolving qui le ruina mais « il fallait qu'il puisse toujours l'entendre respirer ». Finalement Ulysse, qui n'était pas si gigolo que ça, se jeta par le deuxième balcon de l'Eden Cinéma juste au moment où, à la fin du film, la Tosca se balance de la tour du château de

Saint-Ange... Gustave se retrouva seul avec une idée en tête : « Je suis trop vieux pour mes désirs ». Alors il vint habiter cette maison à Virrelongues qui appartenait au mentor de ses débuts. Les films intellos lui sortaient des yeux. Il consacra dorénavant sa retraite à l'étude des insectes et à la compagnie de Maxime, l'adorable facteur qu'il avait rencontré autour d'un colis piégé.

- Celui là c'est un Vespérus. Il ne se promène qu'à la nuit tombée. Et lui, c'est un charançon. Il aime tout : les plantes, les fleurs, le feuilles, les légumes, les fruits... Quand il est en danger, il se laisse tomber et reste par terre sans bouger pour mimer le suicide. Les cavernicoles, oui, on les trouve dans les cavernes... ils sont aveugles... et dépigmentés...
- Vous n'avez pas de Xiucutil ?
- Non... connais-pas !
- C'est une sorte de criquet, ça ressemble à une sauterelle... il y en a en Colombie surtout... Dès qu'un Xiucutil vous touche vous devenez fous, et vous avez une irrésistible envie de baiser...

Léopold mit son grain de sel. Une fable de plus. Un peu pour détendre l'atmosphère, beaucoup pour tous les sortir de là, car ils commençaient à s'ennuyer ferme à fréquenter ainsi le sauvage et la beauté. Monsieur Gustave le comprit et n'insista pas. Il continua de ranger ses bestioles en silence, ses coccinelles et ses vanesses, ses sphinx et ses cétoines, ses hannetons, ses paons de nuit et ses libellules.

Paul pensa à Julien. Un jour, l'Idiot s'était adressé au sénégalais en pleine séance de magnétisme

sur la place du village, sous le platane foudroyé :
« Regarde Léopold ! Comme ils te regardent ! »

Un peu agacé par son copain Maxime qui, dans un coin, chevauchait un tabouret sans rien dire et sans rien faire, Monsieur Gustave lui dit :
- Oh ! Maxou ! Il t'a pris ta langue aussi le voleur ?
- Tu t'es fait estourbir tes charades ? demanda un malin. Le Maire ajouta :
- Y en a pas di promièr', y en a pas di dozièm', y en pas di troisièm'… quis qui c'est ?

Piqué, le facteur perplexe se leva pour faire héroïquement face à la Silène ivre et gloutonne et bravant tous les dangers répondit aussitôt :
- C'est un train de marchandise mais ce n'est pas une charade… Bon… faut avouer qu'il n'y a plus de tiroirs…
- Sont sur les cylindres de la locomotive, abruti !

Le Maire n'aimait pas les pédés et ce n'était pas pour de bonnes raisons. Ce n'était ni pour leur suffisance, ni pour leur cynisme, ni pour leur égocentrisme. Les homos aimaient les garçons, c'était des queutards glamours et c'était pour ça qu'il ne pouvait pas les blairer. Les pédés trouvaient ça louche évidemment et voyaient là une preuve flagrante : « le Maire est une honteuse, c'est clair ! » Les hétérosexuels « normaux » qui n'en avaient rien à foutre étaient des goujats. La fille à pédé disait « Je n'aime pas que vous vous traitiez vous-mêmes de pédés, c'est trop péjoratif, vous vous rabaissez… » Les pédés répondaient en battant des cils : « Dans nos bouches ne n'est pas péjoratif. » Et ils gloussaient en vérifiant dans un miroir toujours à leur portée que cette hilarité n'avait pas causé trop de dégâts.

Et tous ces clichés tombèrent à plat pour rejoindre le foutoir par terre, pareil au désordre dans la chambre d'un enfant curieux de tout, graine de flibustier. Paul demanda :
- Vous teniez beaucoup à votre stylo Monsieur Gustave ? Le voleur a donc pris quelque chose ?
- Non… Non… Je l'ai égaré en courant vous prévenir… Non… je n'y tenais pas plus que ça… excusez le dérangement… (Ils avaient tous oublié l'évanouissement de Paul)… Demain j'irai chez Charles (le menuisier) pour lui commander de nouveaux tiroirs et… bon, oublions tout ça et allons boire un coup tous ensemble… c'est ma tournée !

Il n'y avait pas l'ombre d'une idée de roman dans les tiroirs de Paul. Pas la moindre ligne d'un haïku. (Dans toutes mes pensées – un beau gredin a sauté – le bruit de l'eau) Ses tiroirs étaient vides mais il bourrait sa tête de métaphores toutes aussi odieuses les unes que les autres, envahissantes en tous cas, pour pousser Thomas vers la sortie. La description qu'il se fit de la ruée qui suivit, lui permit de résister une fois de plus, tout en faisant l'apologie de la hâte, des empressements et de toutes les conséquences qui vont avec.

CHAPITRE CINQ

Quinze heures.
Devant une pomme, chez Paul.

Il regardait une pomme et il souriait.

Paul se surprit alangui devant une Belle de Boskoop. Plutôt que de l'éclater contre le mur il se dit qu'il allait lui arracher les fesses à pleines dents. Mais il ne bougea pas. Il n'osait pas les toucher. Elles frémissaient pourtant sous un reflet orangé venu d'un rayon de soleil à travers les voilages à œillets organza et soie rouge qu'il avait accrochés à ses fenêtres.

Si le village était rouge ce n'était pas seulement à cause des rideaux Ikea, ni de la mine de bauxite, ni des couchers de soleil, ni des feux de forêt, ni des traces de sang sur les pavés de la place. C'était la tignasse de Thomas qui était responsable de tout. Rousse et cruelle. Il ne s'était même pas inquiété du malaise de Paul. Pas un texto. Il savait pourtant, les nouvelles allaient vite et Mohamed avait assisté à son coma. Mais cet incident était mineur par rapport à l'affaire des tiroirs. Paul n'était plus intéressant. Même Léopold l'avait oublié et il était inutile de cabotiner davantage. Pas de chance. Pour une fois qu'il arrivait quelque chose de bizarre il était arrivé plus bizarre encore. A part l'histoire des chiens, il ne se passait rien à Virrelongues, rien de plus étrange que la récolte des navets, la plantation des choux-raves, le paillage des fraisiers, les semailles des carottes, la taille des pruniers, le traitement de la vigne contre le mildiou ou des pommiers contre la tavelure. Et pourtant Paul n'avait pas réussi à se faire remarquer plus de quelques minutes. Son intoxication était quasiment nulle, superflue, une excentricité de mauvais goût. Il eut beau demander à Léopold de ne pas ameuter la foule, de ne pas alimenter la rumeur, de ne pas faire de conclusions trop hâtives, celui-ci lui jeta un bref regard « De quoi tu parles mon Polo ? » et il le laissa pour rejoindre la baronne à qui il allait tout raconter avec plein de détails, mais pas un seul mot, pas un, sur l'empoisonnement de Paul.

Abandonné, il appela Tommy. Paul vit son jeune amoureux, costaud et passionné, rentrer et pousser le verrou de la chambre. La targette avait été posée trop haut, et Thomas devait se hisser sur la pointe des pieds. Paul put admirer ses sublimes mollets, tout lisses, brillants et musclés comme ceux d'un coureur cycliste. Il ne fit pas un geste pour les toucher ni pour s'en approcher. Il restait là assis devant sa pomme qui semblait prendre parti puisqu'elle lui posait tout un tas de questions sur sa relation avec Thomas, jusqu'au dégoût et c'était peut-être le but.

Le poison était-il dans le thé, dans l'eau tiède ou dans le sucre en poudre ? Il avait commandé un thé tout à l'heure au Bar Central. C'était un choix inhabituel qui n'était pas le style de la maison. Peut-être que le poison ne lui était donc pas destiné ? François était le premier sur la liste des suspects. Sofia était très amatrice de thé au jasmin. L'aubergiste ne supportait peut-être plus que sa femme s'envoie en l'air avec ce gros con de Maire. C'était plausible. Léopold aussi buvait du thé et le sucrait beaucoup alors que la chinoise l'aimait nature. Il fallait commencer par savoir si la drogue était dans le thé ou dans le sucre. Mais qui pourrait en vouloir à Léopold, le si parfait Léopold, ce mec qui n'avait que des qualités, pas le moindre défaut, merveilleux par tous les pores, qui sentait si bon, même sous les couilles il en était certain, qui était si beau, si fort… un si bon copain, beurk ! Et qui, Mon Dieu, aurait bien pu avoir cette idée saugrenue de vouloir faire du mal à Léopold ? A part ce taré de Paul, Paul ne voyait pas. Il alla chercher une bière dans le frigo. A la manière des détectives privés. Ce n'était pas méchant. La dose de somnifères était trop timide. Le présumé coupable n'avait pas été assez convaincu de vouloir être un criminel.

Mais Paul était attendu au château. Jeanne de Sauvebonne l'avait invité pour le café. Pour parler des progrès de Félix, entre autre. Léopold serait déjà là évidemment. Et Thomas aussi ?... Il espérait tant qu'il soit là, et surprendre un coin de sa peau nue quand, avachi dans les coussins du canapé, par pure bonté, il soulèverait un pan de sa chemise pour soi-disant se gratter le ventre, une fraction de seconde, jusqu'au nombril, avec le caleçon qui dépasse du pantalon, le seul flash qui lui accorderait. Plusieurs autres peut-être allaient venir ensuite. Il les attendrait jusqu'au soir s'il le fallait.

Il croqua donc impatiemment dans la pomme et il chercha la capsule de la bouteille de bière qu'il n'avait pas bue. Il n'aimait pas le gâchis et bien quelle allait être dégueulasse à son retour, pour le principe, il la remit à sa place dans le réfrigérateur. Il mit un blouson sexy et se recoiffa sommairement, toujours avec sa pomme coincé entre les mâchoires. C'est alors qu'il entendit, tout près de là, un chien qui aboyait. Le chien de Julien ? Pluton ? C'était sa façon de japper comme un renard. Mais c'était impossible. Il avait été tué le mois dernier avec tous les autres chiens du village. Par mesure d'hygiène.

Cette boucherie avait été notifiée par arrêté préfectoral, ordonné par une Ministre de la Santé complètement obsédée par le principe de précaution, craignant la propagation d'un horrible herpès, une espèce de lèpre virale qui se transmettait de l'animal à l'homme, par voie anale uniquement. On avait observé plusieurs cas en Bosnie-Herzégovine. Un chien atteint de cette maladie contagieuse en avait sodomisé un autre qui l'avait aussi attrapé et ainsi de suite. Puis un chien d'aveugle un poil efféminé avait fait la rencontre d'un beau mouton. Et un berger tomba sous le charme d'une partie de son troupeau. L'épidémie s'était répandue ainsi. Son origine était connue. 14 000 vétérinaires avaient été mobilisés dans les pays limitrophes, la Serbie et le Monténégro. Ils ne virent rien d'alarmant et purent facilement guérir cette bande d'enculés. En France, les autorités sanitaires en décidèrent autrement. Les experts prouvèrent qu'il n'y avait aucune raison de toucher aux chiens des villes, animaux d'agrément et de compagnie. Les caniches des fiottes, leurs chers enfants, n'étaient pas concernés. On ordonna en revanche l'élimination totale de la race canine rurale sur tout le territoire national. La SPA se mobilisa et une pétition circula qui fit reculer le gouvernement. Le décret fut annulé. Trop tard malheureusement pour quelques villages du sud par qui ils avaient commencé.

Les Virrelonguais durent assister au massacre de leurs bêtes amies, de leurs fidèles compagnons. Des spécialistes était venu de Chine pour les tuer sans qu'ils ne souffrent, on n'est pas des sauvages, les endormant dans des espèces de tentes gonflables et portatives où ils étaient piqués, devenant des sortes de linceuls dans lesquels les cadavres étaient emballés et emportés on ne sait où pour être incinérés. Copié-collé à la va-vite sur les jolis dépliants publicitaires des cliniques privées spécialisées dans les soins palliatifs « **Pour que leur fin soit la plus douce** », était écrit en gras sur la convocation obligatoire.

Les gendarmes partirent à la recherche de Julien qui s'était enfui avec son chien pour le cacher dans la forêt.

Pluton était un gentil clebs couleur feu, un croisement entre un lion bâtard et une vache écossaise. Julien voulait lui donner le nom de la planète rouge, mais quelqu'un de mal intentionné lui avait soufflé « Pluton » au lieu de « Mars ». Monsieur Gustave avait dit qu'après tout ce n'était pas moins adapté : ce chien avait été perdu ou abandonné comme Pluton qui était un ancien satellite de Neptune, égaré au cours de la formation du système solaire, récupéré, soigné et adopté par l'Idiot sidéral.

Après deux jours de battue, une unité du GIGN les retrouva enfin tous les deux, enlacés dans un fossé.

Pluton fut le dernier chien abattu. Abattu car le spécialiste chinois était déjà reparti avec tout son attirail.

L'Idiot gémissait, s'accrochait à son chien, suppliait les gendarmes, le curé, le Maire, Léopold, le coiffeur, la baronne et les enfants aussi. Ils avaient tous les larmes aux yeux. Sauf Paul qui en pleurait des litres, qui s'était réfugié chez Gustave et Maxime, barricadés avec eux, entre lopettes trop sensibles, musique à plein tubes. Ils comprirent la chance qu'ils avaient de connaître une telle tristesse, le bonheur de la partager, l'interdiction de la décrire et ils se sont saoulé comme jamais. La détonation les a fait dégueuler.

Cela se passa au crépuscule, sur la place, au milieu des habitants de Virrelongues comme pour une exécution capitale. Un marin pompier au crâne rasé fut désigné. Il tira. La tête explosa. Le corps se raidit. Il y eut beaucoup de sang. Le jeune gradé lâcha le revolver qui glissa à terre au ralenti. Le chien s'écroula mollement sur les dalles écœurantes. Julien hurla, se recroquevilla et la baronne courut pour le serrer sur elle. L'Idiot refusa cette étreinte. Il prit le chien mort dans ses bras et partit l'enterrer au fond de la forêt au pied d'un grand chêne. Il ne montra la tombe de Pluton à personne sauf à Thomas et à Paul (Thomas parce que c'était son frère, Paul parce qu'il suçait bien) qui lui jurèrent de garder le secret.

Paul avait donc de bonnes raisons de croire qu'il avait été victime d'une hallucination auditive, séquelle sans doute de sa dernière expérience avec la drogue qui était servie au Bar Central.

Il ouvrit sa porte, la pomme intacte dans sa gueule grande ouverte, mais ne réussit pas à franchir le seuil. Il revint sur ses pas. Cracha la pomme dans la poubelle « compost » de déchets de repas, fanes de légumes, épluchures, coquilles d'œufs, croûtes de fromages, un sac plastique pendu à la poignée du frigo, manie citoyenne observable chez les pédés clandos.

Mais il n'arrivait toujours pas à quitter sa maison. Il avait l'impression de partir pour de bon. Alors que le château était à deux kilomètres à peine par les traversières. Il s'attendait au pire. Il avait déjà vécu ça trois fois. Les trois fois où il était tombé amoureux pour la première fois.

Il n'avait que quinze ans. Il l'avait rencontré dans une manif'. Ils s'étaient embrassés au milieu de milliers de gens qui défilaient pour un monde meilleur. Bénis par une foule d'indignés, on ne pouvait pas faire plus romantique. Jean avait cinq ans de plus (il avait vingt ans) mais c'était une aubaine pour Paul qui allaient pouvoir sauter les étapes inutiles. Et Jean était très beau. Toujours propre aussi. Il se douchait sans arrêt car il baisait sans arrêt surtout des filles aux cuisses rapides pour que Paul ne soit pas malheureux. Il l'amenait toujours avec lui, aux soirées, au resto, chez ses copines. Il le présentait comme son « Game Boy » et l'exhibait comme un trophée. Fallait dire que Paul avait une gueule d'ange avec ses cheveux longs et blonds. Il était très désirable et il ne s'en rendait pas compte. Il était flatté de l'attention qu'on lui portait. Il ne parlait pas beaucoup et ne comprenait pas grand-chose aux discussions de ses ainés. «Et toi Paul qu'est-ce que tu en penses?», il s'était préparé à ce genre d'emmerdements et avait appris quelques citations par cœur. Il les sortait dans le désordre et cela faisait son petit effet. Jean l'interrompait vite, « T'es vraiment givré ma caille, je t'adore ! » et lui roulait des pelles d'enfer. Ils baisaient partout. Officiellement parce que Jean trouvait ça beaucoup plus excitant mais tout simplement parce qu'ils n'avaient nulle part où aller (ils vivaient tous les deux chez leurs parents, des gavés de chez gavé). Dans les toilettes de la bibliothèque municipale : Ils devaient faire les pointes comme des petits rats de l'opéra pour être à la hauteur du lavabo. Derrière un écran de projection : Ils avaient trouvé une porte réservée au personnel qui leur permettait d'aller dans les coulisses d'un ciné. C'était un multiplexe mais ils ne pouvaient pas choisir leur film. Une seule porte restait ouverte qui donnait accès à une sorte de scène étroite, l'envers d'un écran blanc, immense toile perlée de petits trous, qui cachait des haut-parleurs très hauts. Là c'était l'extase. Il y avait tout. Le son à fond la caisse avec des basses qui faisait battre les cœurs et les faisait vibrer de partout comme dans les raves ou les free parties. Les violons bien forts qui leurs mettaient la chair de poule. La lumière stroboscopique, le stimulus intermittent, le rythme qui formait de grandes images en *Panavision* sur le mur de leur chambre, un gigantesque poster animé. Marilyn qui dansait sur leurs ventres nus. Ils étaient passé de l'autre côté. Ils étaient dans le film. Imposteurs sur les bords. Tellement le pied que pour la première fois ils avaient joui en même temps avec le même long et douloureux plaisir, hurlant sans craindre d'être entendu par les spectateurs assis bien sagement sur leurs fauteuils en velours fraise écrasée, face aux images, qui ne soupçonnaient même pas ce qu'elles recelaient, comme dans les jeux-tests visuels « Trouvez l'intrus ». Dans l'arrière boutique d'un fleuriste complice : Et là c'était plutôt les odeurs. Des fleurs fraiches ou fanées, de la mousse, des graines, du terreau, de l'eau croupissante. Et la kitcherie de leur lit d'occase fait des couronnes mortuaires qui n'avaient pas trouvé preneur. Dans les caves d'un liquoriste jovial aussi : Lui n'en perdait pas une miette. Ils avaient reconnu la clochette de l'entrée et le tour de verrou qu'il donnait sur la pancarte « Je reviens tout de suite ». Ils se savaient lorgnés par le marchand de vin mais ils le laissaient faire. Ils apercevaient sa trogne ruisselante à travers les caisses de pinard, et leur côté exhib' était comblé. Jean n'aimait pas trop les plans extérieurs à cause des bébêtes qui se saoulaient dans les odeurs de stupre pour finalement se noyer dans le jus des garçons. Et il avait une trouille des serpents assez contagieuse. Dans les montagnes russes oui. Têtes en bas c'était bien.

 Paul allait au lycée. Jean le protégeait de tout et écrivait des lettres d'insultes quasiment de chantage aux professeurs qui le serraient de trop prés pour lui faire du gringue. C'est qu'il en avait fait craquer plus d'un qui ne se sentaient plus avec leurs bonnes notes injustifiées ou les intégrales de CD qu'ils lui offraient. L'un d'eux, particulièrement épris, l'avait invité à l'opéra. Le rideau n'était pas encore complètement levé qu'il lui posait une main sur le genou. Petite pute, Paul ne bougea toujours pas quand ce fut un doigt dans sa braguette. A l'entracte ils parlèrent de la théorie des catastrophes. Jean les attendait à la sortie. Comme une multitude de gens normaux, il ne supportait pas qu'on lui fasse ce qu'il imposait aux autres Il était très jaloux. Ce fut un carnage. Trois mois d'arrêt maladie pour le jeune agrégé de mathématiques. Son remplaçant n'était pas baisable.

 Quelques années de tendre bonheur, quelques interruptions momentanées indépendantes de leur volonté. Lorsque Jean rencontrait une femme qui le maternait bien comme il faut et qui était donc douée pour le tenir en laisse plus longtemps, en jouant son jeu, le B.A.BA. Lorsque Paul partait en grandes vacances avec ses cousines et son oncle si tapette et si classe, un acteur connu qui lui apprenait la vie à sa façon, « Du luxe, Paul ! Que du luxe! »

La fin arriva connement. C'est le lot des plus belles histoires d'amour. Jean jouait au loto régulièrement sur Internet avec le *système flash* qui choisit aléatoirement les numéros. Normalement quand on gagne, même 1,20€, on reçoit aussitôt un message dans sa boîte email. Mais celui qui annonçait à Jean qu'il était l'heureux gagnant de 8 millions d'euros alla tout droit dans le courrier indésirable. Il ne s'en rendit compte que 62 jours plus tard. Le délai autorisé pour encaisser son gain était dépassé de deux jours. Jeannot l'anar devint fou, fit un procès à Hotmail qu'il perdit puis devint exclusivement hétéro et se maria dans la foulée. Avec une psy assez laide et partiellement gondolée qui ne put s'empêcher d'exagérer quand il lui mit la bague au doigt, comme un chef, comme s'il avait fait ça toute sa vie. Elle n'arrêtait pas de pleurnicher en ricanant « Ça y est ! J'y suis ! Je l'ai eu ! Il est à moi ! Toute ma vie je coucherai avec le plus beau mec du monde! ». Paul était un des témoins choisis par Jean. Farouchement cynique ou complètement inconscient pour lui confier ce rôle, comme pour se laver ainsi de toutes ses erreurs de jeunesse, avec de grandes tapes dans le dos, prenant un air boudeur à la con qui était sensé lui laisser l'espoir que cela ne les empêcherait pas de fauter encore, tous les deux, dans un vrai lit, nul et trop grand évidemment.

Paul se vengea sur place. Pendant la réception qui suivit. C'était le pianiste de l'orchestre. Il s'appelait Ugo Géantolli. Rien que le nom ! Et il était italien, gaillard, sauvage, bouclé, brun, racé comme il fallait.

Paul alla droit au but « J'ai envie de ta bite dans mon cul ! Je viens d'avoir 18 ans, j'ai l'âge légal pour être violé! » C'était un test. Si l'autre avait trouvé ça vulgaire, tant pis. Paul aurait passé son chemin. Pour lui la vulgarité se situait ailleurs. Dans les propos d'adjudants ou dans les salamalecs des politiciens. Et il trouvait ça moins indécent que de lui tourner autour pendant des plombes comme le client condescendant qui hésite entre une douzaine de gigolos aux yeux de biches dans un bordel de Pattaya. Mais c'était la bonne pioche. Ugo eut un sourire doux au milieu, pervers aux commissures, et il répondit « Tu me laisses finir ça ? » en accélérant le tempo. La chanteuse un peu vulgaire, qui perdait son temps à désirer ce gros pédé de macaroni, s'accrocha au micro à en perdre ses faux-ongles vernis pailletés violet et marron et la chanson finit sur les chapeaux de roues.

Les poignets d'Ugo ! Ils étaient larges, longs et magnétiques à tomber par terre pour envisager sans ambages un fist-fucking de derrière les fagots. D'abord leur danse de séduction à même le clavier. Dès que leurs désirs mutuels ne firent plus de doute, Paul s'accouda au piano, lorgna du coin de l'œil son ex, le Jean just married qui renversait son verre de vin sur son épouse blafarde, et se mit à contempler les poignets en question comme s'il allait chanter « Je te veux » de Satie. Deux lasers qui envoyaient très haut les ondes au-dessus de l'indifférence générale, le Saint-Esprit de la baise, deux langues brûlantes, le venin bouillant du serpent, Jean souffrait, il était foutu. Paul apprenait ce sadisme là, cette sensation nouvelle. Elle n'était pas très glorieuse, mais les guerres ne le sont jamais de toute façon.

Ensuite ? Cela ressembla à une histoire normale, d'amour et de vol à la tire. Ils s'étaient endormis en rêvant, couchés dans un champ doux. Ugo avait accroché le ciel bleu à la cheville droite de Paul, son poignet de fillette. Pendus à ce cerf-volant qu'ils avaient lancé trop loin dans les airs, les nuages, attachés à ce fil qu'ils ne déroulaient plus parce que trop fatigués de suivre et de resuivre, de perdre et de reperdre les élans enthousiastes de la toile dans les airs, de son ombre dans la vallée. Prenant leurs corps pour chaînes. Prenant leurs bouches, leurs langues pour des ancres qui lécheraient le fond avant de le pénétrer et que plus rien ne bouge. Ce fut une belle escroquerie, comme toujours, devait en conclure Paul lorsque dorénavant il parlerait d'amour. La potion était non seulement amère mais avait des putains d'effets indésirables et ce n'était pas écrit sur la notice. Au cours d'un voyage, Ugo abandonna Paul sur le bord de la route tellement c'est chiant un mec toujours en demande de preuves d'affection. En le quittant Ugo roula sur le pied de Paul. Après il raconta à tout le monde que Paul était devenu maso. Ce fut le douloureux et merdeux sentiment de l'incomplet de la destinée et Paul, qui était à cette époque étudiant en fac de Lettres Modernes, s'amouracha de Madame de Staël, et de la littérature du XVIIIème en général, Laclos, Diderot, Sade et les sites pornos qui le tenaient debout des nuits entières, Rousseau, Restif de la Bretonne et le blog intime où il s'exposait pour séduire toujours plus, Fabre d'Eglantine et toutes les paroles idiotes des chanteuses à pédés qu'il écoutait en boucle sur son iPod.

Après sa licence, Paul passa son Capes de Lettres. Ses parents avocats ne savaient rien sur sa vie privée et n'avaient donc aucune idée de ses attirances homosexuelles notoires ou ne voulaient pas les connaître parce que le secret et les non-dits étaient LA religion de leur famille depuis des lustres. C'était la pire des lâchetés. Sa mère allait à sa chorale une fois par semaine, sinon elle adorait s'occuper du jardin. Son père collectionnait les vinyles de jazz et se bourrait la gueule tous les lundi soir avec ses copains procureurs. Elle détestait le jazz et la bière. Lui détestait les ensembles vocaux et les paysagistes. Ils ne se parlaient que rarement et ils faisaient lit à part. Ils l'encouragèrent dans sa vocation de transmetteur de belles lettres. Que Paul puisse enseigner dans le secondaire à des ados cherchant tous une relation sérieuse, c'était leur vœu le plus cher.

Pendant ces années studieuses il rencontra son troisième mari.

Avant de se projeter son troisième départ, celui qui l'avait conduit à Virrelongues, Paul se dit que par départ il entendait bien repartir en amour, et c'était pour cela qu'il était si troublé au milieu de l'entrée, qu'il redevenait lyrique, avant de quitter sa maison, devant la poubelle où il avait jeté la pomme. Il pensa que s'il restait encore trop longtemps immobile, en arrêt sur image, il verrait un grand trou s'élargir peu à peu dans sa poitrine cramée. Il aimait écouter les attentes. S'il avait essayé de les décrire plus précisément, il les aurait inventées, c'était plus fort que lui et cela n'aurait fait que compliquer davantage les choses. C'est pourquoi il n'écrivait pas, parce que la mode était au minimalisme.

« Les rêves d'un faussaire sont-ils ses rêves ? », il se surprit à parler tout seul. Il savait que ce n'était pas dû à la descente After Drug Abuse. Au contraire il se préparait à sa renaissance, en déclamant à voix haute les prochains bons mots intelligents qui allaient participer à sa conquête de Tommy.

En sortant de la salle des fêtes où des camarades de fac (le groupe « Since My Accident ») donnaient un concert de hard-rock (Germaine, une responsable de l'UV animation socioculturelle s'était retrouvée paralysée et mourut quelques jours plus tard), Paul rentra dans une voiture rouge qu'il prit pour la sienne. Un jeune mec brun y fumait avec ennui, côté passager clandestin. Paul, la tête encore dans les nuages, ne l'avait pas vu et essayait de rajouter une deuxième clef dans le contact. « Vous vous êtes trompé de voiture, Monsieur ! » Paul se retourna brusquement vers lui, en tomba fou amoureux et improvisa dans la seconde :

- Tu veux conduire ?
- D'accord !

Ils étaient doués l'un pour l'autre décidément. Ils échangèrent de place. Frôlements, les tissus crissèrent, les sexes se raidirent, Paul par-dessus, l'autre par-dessous, ils furent fixés quant à leurs rôles à venir, et Paul dit :

- On y va ?
- On y va !

L'inconnu écrasa sa cigarette et démarra, abandonnant là, sur ce parking, celle ou celui qu'il aurait dû attendre. Paul pour sa part abandonna sa Clio. Une nouvelle rencontre revient toujours à abandonner un tas de gens, un tas de choses.

Dans l'auto se diffusa instantanément un maximum de phéromones. Ils parlèrent beaucoup et leurs ardeurs purent être domptées quoique ce fût peut-être le contraire. Ils partagèrent leurs états d'âme sans pour autant les comprendre et plus particulièrement leurs problèmes de départ. Ils s'amusèrent à commenter leur « collision ». Il s'appelait Alexandre, il était d'origine égyptienne et il conduisait vite et plutôt dangereusement. Paul, tout en se disant que son nouveau chauffeur ne semblait pas avoir peur de la mort, s'accrocha au tableau de bord où trainait un papier en boule froissée, le patron d'une barboteuse. La mère d'Alex, qu'il avait plantée aux toilettes du campus, venait de lui faire un gros scandale car non seulement il refusait de se marier au bled avec Samira, une cousine analphabète, drapée de voiles colorés et très bien dotée, mais il ne ramenait même pas assez de flous à la maison. Alex se prostituait mais il aimait trop les beaux mecs pour les faire casquer. Il aurait bien voulu les payer, au contraire. Et comme il ne couchait jamais avec un mec qui n'était pas à son goût ! Dans ce boulot ce n'était absolument pas concevable.

Arrivés au bord de la mer, garés sur la corniche, face à la plage, ils s'honorèrent mutuellement dans la bagnole, sans baisser les sièges, acrobatique 69 sous le halo d'un réverbère, dans cette cultissime position tête-bêche qu'affectionnent les garçons entre eux, cet objet fini, cette complétude, ce parfait agencement qui doit son succès à de nombreuses bonnes raisons dont l'irréprochable simultanéité rendue possible lorsque les deux jouissances sont synchrones. Et aussi, en ce qui les concernait surtout, la preuve physique indubitable et démonstrative qu'ils partageaient tous les deux le même désir avec le même élan, sans retenues, sans tabous, tout pareil, tout comme il faut. « Il n'y aura jamais de rapports de force entre nous », voici ce qu'ils signaient de leurs deux bites.

Ils s'aimèrent encore en prenant plein d'autres positions moins irrévocables. Ils jaillirent de partout. Leurs confiances réciproques étaient sans limite. Ils ne savaient plus qui faisaient quoi à qui, s'ils ne se caressaient pas eux-mêmes, s'ils n'étaient pas dans la même peau. Ils étaient envoutés l'un par l'autre, sans doute parce qu'ils étaient tous les deux en cavale. Lorsqu'ils furent épuisés par leurs plaisirs ils se mirent à pleurer. Chaque fois que leurs regards humides se croisaient, entre deux sanglots, ils redoublaient de larmes et pleurnichaient de plus belle, dans leurs propres échos. Et leur amour grandissait encore plus. Ils se baptisaient. Ils finirent de se dessaper et, après s'être baignés dans la mer, malgré ses eaux pétillantes, ils préférèrent retourner dans l'exiguïté de la voiture qui ressemblait à toutes les autres mais qui était devenue leur région privilégiée, leur résidence principale. Ils y dormaient souvent et Paul passait ses nuits à regarder Alex, chuchotant des mots doux aux fines veines bleutées de ses paupières closes.

Enroulant une écharpe rouge autour de son cou, car l'après-midi était déjà bien entamée, devant le miroir de l'entrée, Paul déclama à voix haute : « ... sans défi autre que celui de notre propre peur jusqu'ici abhorrée. » Ça avait de l'allure mais ça ne valait pas un clou.

Alex et Paul passaient des journées entières à s'exciter, pour jouir, pour arriver enfin.

Un jour, dans la voiture rouge, l'auto tombeau bientôt, qui avait été nettoyée de toutes les traces de leurs orgies, Paul prit les mains d'Alexandre dans les siennes et il sut qu'il n'y avait plus rien à dire, plus rien à faire, qu'il ne le comprendrait jamais, qu'il ne comprendrait jamais personne, qu'il n'y arriverait jamais.

Alex portait le chapeau de Michael Jackson. Il s'échappa, ouvrit la portière et partit à reculons marchant contre le vent, s'éloignant en glissant dans une espèce de moonwalk. Le chapeau s'envola. Deux ados qui glandaient sur un banc partirent à sa poursuite, bousculant les passants, se disputant l'emballement de leur cœur et le tremblement de leurs mains pour retrouver le chapeau, pour le rapporter au sourire d'Alexandre sans lui demander de récompense. Mais ils ne le rattrapèrent jamais. Certains jours, lorsque le vent soufflait, Paul se demandait s'ils couraient toujours après ce chapeau. Il se disait qu'ils avaient déjà dû faire cent fois le tour de la terre et que ça en valait bien la peine.

Alexandre revint en frissonnant. Il était gelé. Paul le prit dans ses bras et ils se sont embrassés comme des fous, au milieu de la foule. Furieusement enlacés ils se mordillaient en cascades, en avalanches plutôt. Leurs longs soupirs démultipliés improvisaient sacrément. Ce fut le bœuf du siècle, une exclu mondiale. Les badauds bandaient. Le public était conquis. Ils avaient misé sur la pudeur impudique de leurs solides caresses sur le tissu de leurs vêtements car ils n'avaient commencé aucun déshabillage. A défaut de leurs jeunes corps nus ils chiffonnaient leurs chemises. Joli attroupement, dodelinant, ému, battant de sa tête unique en mesure collective. Pour rester purement décoratifs, pour faire de leur sol un faux-plafond flamboyant, Alex et Paul piétinèrent un grand christ inachevé, dessiné à la craie sur le trottoir. Mais sans le faire exprès. Exposant ainsi une nouvelle œuvre, issue de la première, mélangeant les couleurs, représentant plus ou moins un étang où glissaient entre des nénuphars roses, entre l'espace et le temps, une barque noire transportant des baigneuses aux seins nus, à l'ombre de leurs ombrelles, ayant très mal au cœur et rendant à l'eau glauque les bribes charmantes de leur déjeuner sur l'herbe.

Ils furent applaudis et quelques pièces rebondirent à leurs pieds. Paul était inquiet, après la vie. Alex récupérait plus vite. Il esquissa un petit sourire pour dire « Ne ratons pas notre sortie. » et, bras dessus bras dessous, ils se mirent à courir au milieu du boulevard et des klaxons, comme des voleurs de pommes ou comme des volés, leurs deux ombres les précédant, le soleil se couchant derrière eux.

A Virrelongues le soleil au contraire semblait toujours être en face. Il surprenait les touristes conducteurs, les éblouissant quand ils prenaient trop vite le virage de la départementale, qui s'enroulait dans le village, qui avait fait sa réputation dangereuse, qui lui avait donné son nom.

Pendant près de cinq années Paul mata Alexandre quand il était dans la salle de bains. Dans le miroir pour le côté face, en direct live pour le côté pile. Alex avait un cou, des omoplates, des petits seins, des petits pectoraux, un petit ventre plat (plus rond vers la fin, leur relation n'étant plus fondée que sur la fréquentation de tous les bars du quartier), des petits pieds, merveilleux, tous. A s'en lécher les babines. Paul avait de plus en plus envie de bouffer tout ça tout cru. Puisque Alex se donnait de moins en moins à lui. Et derrière c'était l'extase : une descente de dos qui amenait naturellement, comme un toboggan descendant au paradis, à un cul providentiel. Fesses magiques, poilues et lisses à la fois. Plus bas, devant, sa bite circoncise et surtout ses couilles brunes et désinvoltes, des oreilles de dindon en rut, longues, pendantes, soupirantes et pourtant fermes, deux langues d'obsédé sexuel sur le point de passer sur la chaise électrique.

Alex parlait tout seul, ou à Paul qui était encore au lit, ou au miroir : « J'ai fait comme j'ai dit, mais ce que j'ai dit je ne sais plus. Je crois que je suis particulièrement beau ce matin. Hier j'étais laid. Je me suis vu dans le distributeur de billets, l'argent était arrivé, et je m'étais engueulé avec une bonne femme au guichet du métro. Elle m'avait dit, très hargneuse : Allez à la machine ! Mais je n'avais pas envie d'aller à la machine. Je lui ai dit : C'est à cause de gens comme vous que se véhicule une mauvaise image des agents de la RATP. Ce soir je vois mon psy, c'est mon dernier rendez-vous. Il fait des fautes d'orthographe sur ses ordonnances. Ça me fera faire des économies. Je pourrai me remettre à fumer. Abdel a des cartouches de Marlboro à moitié prix. J'ai la sensation... j'ai une fibre qui vibre naturellement. C'est une sorte d'osmose entre nous. C'est comme si c'était la première fois. Je crois que c'est parce que pour une fois notre relation n'est pas née d'un calcul. Déjà, avant de venir te voir, hier, j'ai fait des photos d'identité où je suis bien. Là, encore une fois, devant un Photomaton il n'y a pas de calcul, ou si peu. Je vais m'inscrire aux arts martiaux... »

Un soir, le soleil était assez bas, une affiche les attira et leur donna l'occasion de constater encore qu'ils étaient sur la même longueur d'onde, qu'un signe de la main suffisait pour tout se dire. Ce qui les rassura. Ils entrèrent dans un vieux théâtre qui était en fait une salle de projection vidéo. Ce cinéma employait une ouvreuse très gentille qui leur conseilla deux places au premier rang. Sa lampe torche éclaira au passage quatre couples d'amoureux, dans la même rangée qu'eux qui s'entortillaient déjà ou pire. Derrière il n'y avait personne, que des fauteuils vides. L'ouvreuse refusa le généreux pourboire qu'ils voulaient lui donner, elle leur offrit deux cônes glacés à la vanille et elle repartit en chantonnant. Un peu trop le pays des bisounours quand même. Sauf que ce qui se passa sur l'écran c'était un garçon qui ressemblait étrangement à Paul, qui sortait d'une boutique dont la vitrine exposait des masques de carnaval, des panoplies de princesses, des cotillons et des feux de Bengale. Il se précipita dans une petite voiture rouge qui était garée devant le magasin. Il avait l'air pressé et très agité. Il regardait fixement devant lui, à travers le pare-brise, le bazar de farces et attrapes qu'il venait de quitter. Plan serré, ses yeux. Une voix off masculine dit : « Vous vous êtes trompé de voiture, Monsieur ! »… Dans le noir, Alexandre prit Paul par la main et l'entraina vers la sortie du ciné. Dehors il faisait déjà nuit et les rues étaient désertes. Ils se sont réconfortés avec tendresse. Ils se sont trouvés trop maigres. Ou trop rares. Alex était ravissant avec son air anxieux et boudeur. Paul voulut graver ce souvenir dans sa mémoire. Rien de tel pour qu'il s'échappe à la première occasion. Ils prirent leur fidèle caisse. Comme elle les avait toujours protégés de tout, ils se sentirent un peu mieux. Les arbres qui bordaient la route se transformaient en faisceaux de fusils alignés comme à la parade. Ils ne faisaient qu'espérer les voir tous les deux de la même façon, être dans la même illusion. Ils allèrent jusqu'à souhaiter, parce qu'ils étaient épouvantés, qu'il s'agissait tout simplement d'un décor de tournage abandonné, pour les plans extérieurs d'un film de guerre, apriori. Ils roulaient sans trop essayer de comprendre ce qui leur arrivait. Alexandre conduisait nerveusement. Il savait lui aussi que leur destinée commune n'allait finalement pas être du gâteau, que tout ça allait finir en eau de boudin, surement… Mais ils n'eurent pas le courage de rester jusqu'à la fin. Ils se levèrent pour partir, mais un rideau noir était tombé sur l'écran, le cinéma était dans une grande obscurité, ils durent se guider à tâtons, frôler des couples aux allures spectrales qui folâtraient de partout, pantalons baissés, jupes levées, ou carrément à poil. Ils réussirent toutefois à trouver la sortie pour s'engouffrer dans la Clio bord cadre et démarrer sur les chapeaux de roues... le film en boucle, le jour sans fin, les scènes répétitives qui illustraient si bien un cauchemar perpétuel tout en étant l'alibi idéal pour économiser sur le budget, ça devenait un peu chiant. Le cinéma d'auteur ce n'était pas trop leur truc. Ils décidèrent donc de foutre le camp...

A l'entrée de Virrelongues, dans ce foutu tournant à 90°, au lieu-dit « L'Équerre », soudain le soleil était là. Il le prit en pleine gueule. Ça et la bonne pipe que venait de lui faire Paul, Alex ferma les yeux, la voiture quitta la route et il fut tué sur le coup.

Paul était glacé d'être resté ainsi immobile une main sur la poignée de sa porte. Il se ressaisit et sortit enfin de son embuscade. Ce n'était pas la première. Trois ans que ça durait. Cela suffisait bien, disait Léopold, pour faire le deuil d'Alexandre. Un rayon perça un nuage comme fait exprès juste à ce moment-clé. La pluie avait complètement cessé. Des chants de moineaux dans les arbres trempés.
Paul fit les trois gestes des macaques bouddhistes. Ne plus être aveuglé par l'éblouissante beauté, ne plus entendre l'appel des tritons tentateurs, la boucler une fois pour toute.

CHAPITRE SIX

Seize heures.
Vers le château.

La cloche de l'église sonna quatre fois et Paul quitta la scène côté jardin. Son genou lui faisait mal. L'humidité sans doute. Séquelle de l'accident de « L'Équerre ». Il en était pratiquement sorti indemne. Une jambe en mille morceaux, un (véritable) miracle. Il n'était plus parti de Virrelongues. Léopold, pompier volontaire à l'époque, les avait désincarcérés de la tôle compressée et les avait tirés hors du ravin. « Monsieur, Monsieur ! Vous m'entendez ! Pouvez-vous me dire votre prénom ? Et votre âge ? ». La violence du choc avait éjecté le moteur de la voiture. Le cœur d'Alex avait lâché pendant que Léopold tentait de le réanimer. Les embaumeurs ne parvinrent pas à le restaurer suffisamment pour qu'il soit présentable. De toutes façons les musulmans interdisent la thanatopraxie (Les cathos et les protestants la tolèrent, les orthodoxes non, les juifs non plus sauf pour un retour en Israël, les bouddhistes refusent l'injection de formol). Il ne fut pas exposé avant ses funérailles. Léopold dit à Paul que cela n'était pas plus mal, qu'ainsi il garderait d'Alex un souvenir bandant. Ça se défend. Mais l'absence fut d'autant plus intolérable. Son corps brûlé, putréfié, décomposé, aurait bien fait l'affaire. Paul s'était occupé de tout. La mère d'Alexandre était devenue folle. Le père était inconnu. Sa sœur unique signa tous les papiers. Elle fut la seule à venir à l'enterrement, tirant à bout de bras ses deux bambins dans une poussette double qui servait aussi, à l'occasion, pour ses grosses livraisons de sachets de coke. C'était une fille courageuse, une femme forte qui n'avait peur de rien pour elle, qui avait peur de tout pour ses gamins. Elle comprit la détresse de Paul et son besoin de la vivre au grand jour, d'occuper la place de l'effondré, de la veuve éplorée, du mec le plus triste du monde. Elle s'effaça avec sa propre tristesse et confia son frère aimé à celui qui l'avait accompagné les dernières années. Un calcul difficile. On accorde la plupart du temps ce genre d'égards aux proches de la fin. Ceux qui étaient là avant et plus longtemps peuvent aller se rhabiller. Au concours du plus gros chagrin c'est le dernier arrivé qui gagne.

Il n'y avait pas de pèze pour enterrer Idriss, le vrai prénom d'Alex. Pas de rapatriement, pas de convoi, pas de tombe en dur. Paul fit le maximum avec un emprunt à ses parents en vue du futur fric de l'assurance. Pour les fleurs, le cercueil, la plaque en plexi, le croque-mort, la tournée générale qui suivit. Pour le reste ce fut plus simple, et la gentille et maline frangine (comme son frère) était d'accord, il fallait qu'il demeure là où il s'était tué. Parce qu'il n'était pas loin de sa ville natale, parce que le destin l'avait décidé ainsi, parce que c'était bien plus pratique, parce qu'il y avait beaucoup de place dans le cimetière de Virrelongues et parce que ce n'était pas cher. Ce fut un simple trou dans de la bonne terre rouge, dans le carré désert qui était réservé aux très pauvres, aux inconnus et aux SDF. Paul, un peu pour son sens de la tragédie, un peu pour trouver là une occasion d'échapper à son piètre avenir de fonctionnaire, beaucoup parce qu'il était très malheureux, trouva normal d'envisager de rester là, près de son amoureux. Il pouvait facilement trouver un poste de prof de Français dans une école privée du coin et donner des cours particuliers. Léopold était merveilleux. Son amante était adorable. Maxime qui, à cause d'une grève des fossoyeurs, s'était chargé de creuser la tombe (la seule du côté des indigents) et Monsieur Gustave qui l'avait décoré avec goût (cadres en écume, cactées des collines, graviers de la carrière), l'encouragèrent aussi à prendre cette décision. Paul acheta une petite maison dans le centre du village, en face de l'église, jouxtant le Bar-Central et il s'installa définitivement à Virrelongues.

Ces trois dernières années il ne connut plus de grands plaisirs comme avec Alex/Idriss, cette extrême jouissance de posséder celui qui vous possède. Il ne voulut plus non plus de ces extases biscornues qu'il aurait pu avoir auprès de garçons furtifs suivis dans la cabine du sauna du dimanche ou derrière le buisson ardent du parc de la sous-préfecture. Il apprit les plaisirs simples, la bouffe, les amis, le comptoir, les balades, la lecture, la branlette… tous ces petits bonheurs qui habituellement concernent le troisième âge, la nature étant si bien faite que les vieux n'ont plus envie de baiser à l'instant même où ils ne sont plus désirables (sauf exceptions surtout parmi les tantouses, paradoxalement insatisfaites de ne pas obtenir ce dont elles n'auront plus jamais envie, ces pétasses qui croient être bonnes à baiser, éternellement, parce que, comme tout le monde, elles se croient différentes), petits ravissements certes, mais qui lui suffirent, jusque là.

De la boue jusqu'aux larmes, sur le sentier buissonnier qui menait au château, évitant la route goudronnée qui étranglait le coteau avec son boyau d'ânesse, Paul eut l'impression trouble, en avançant, qu'il ne faisait que s'éloigner de Thomas (mais peut-être était-ce d'Alexandre) alors qu'il s'en approchait plus vite, coupant à travers prés, se dirigeant grâce à l'unique tour crènelée, le donjon qu'il visait, qui le guidait, comme le poète par son étoile. L'escargot qu'il aperçut devint Ubu bougon, trainaillant son humeur maussade, herborisant le thym et le cumin, gravissant les tiges en vrilles du chèvrefeuille ou se vautrant au soleil sur les plages molles du tilleul. Paul eut tellement honte de ce genre de pensées champêtres qu'il se crut obligé d'ajouter une scène de sadisme à défaut d'une de cul. Il écrasa mais sans délectation quelques colimaçons au passage. Puis, coupable, il se dit que c'était pour la bonne cause, qu'ils avaient le cœur si lourd ! Il les traita finalement de salopes en se rappelant qu'avec leurs énormes neurones ils avaient le talent de pouvoir mourir de plaisir. Dixit Monsieur Gustave.

Mais Paul tout à son massacre n'avait pas fait gaffe et s'était écarté du sentier. Il tomba sur la Clio. La voiture abandonnée aux ronces, le squelette calciné de cette putain de bagnole. Et pour finir de noircir le tableau, les pieds vraiment dans la merde, il entendit, encore ce hasard, la sirène détraquée qui se mettait à hurler sur le toit de la Mairie. Elle n'avait pas encore été réparée. Elle n'avait pas l'endurance de la bonne vieille sirène à manivelle qu'actionnaient jadis les pompiers eux-mêmes pour rassurer les gens, pour leur dire : nous, les beaux mâles, on veille sur vous, les maigrichonnes. On l'avait pour sûr remplacée par une alarme high-tech directement branchée sur le réseau national. Et elle déconnait grave la nouvelle. Le jour de l'accident les pompiers n'avaient pas bronché, croyant encore à une fausse alerte. C'est pourquoi Léopold qui, du château tout près, avait entendu l'impact de l'auto sur le grand chêne et sa demi-chute dans le ravin, avait été le premier sur les lieux et avait dû intervenir tout seul. Restait cette carcasse ignoble et aucun enfant sacrilège n'eut l'idée d'aménager une cachette possible dans cet amas de ferraille. Le temple (un peu comme le khmer de Ta Prohm au Cambodge, emprisonné par les souches des grands arbres) devait être respecté et l'oubli s'en chargea. Paul positiva. Il n'y vit plus un tombeau. Il y vit le berceau de sa plus belle histoire d'amour. Les tôles rouillées se mélangeaient aux genêts et à la blanche aubépine. Le coffre était pris dans les racines de l'acacia. C'était splendide. La Clio si close, si sécurisante et si terne à leur époque s'ouvrait désormais sur la jungle, sur la forêt interdite qui l'envahissait de partout, la dépassait, la débordait, la rendait follement kitch, complètement gay, absolument fabuleuse. Dans l'Eden Cinéma, Ugo plaquait des accords magnifiques devant l'écran à travers duquel on distinguait la silhouette de Jean qui se dessapait tranquillement en leur faisant signe de venir. Cette fois Alex ne voulait pas partir. Il désirait voir la fin du film. Paul aussi car un joli garçon venait de s'assoir sur le fauteuil d'à côté. Il s'était penché sur lui, ses lèvres effleurant le lobe de son oreille, et il lui murmurait, son souffle brûlant se resserrant sur son cou à lui donner le vertige, « Tu me racontes le début ? »

Paul se dit qu'il était très en retard lui aussi et que ses amis devaient s'impatienter. Le café était bu et rebu. Gustave et Maxime devaient déjà être arrivés au château aussi, pour la promenade dominicale. Tout ça pour emmerder Thomas pour le provoquer. Pour qu'il connaisse l'excitation de l'attente puis l'humiliation du rendez-vous raté, le coup du lapin. Il avait pris sa pose nonchalante sur le canapé, pour rien. Et espérer ainsi toujours plus fort l'arrivée de son amoureux transi. Mais peut-être qu'il s'en foutait complètement ou qu'il n'était même pas là. Paul se trouva une fois de plus très con. Il aurait dû passer un coup de bigo, tout simplement pour s'excuser. Mais il avait laissé son portable éteint chez lui. Et il avait un problème avec le téléphone aussi. Il l'avait toujours considéré comme une intrusion, et une impolitesse, disait-il. Un jour, il reçut un appel, c'était Alex. Comme ça faisait longtemps qu'il ne lui avait pas parlé il se mit à tout lui dire comme ils avaient l'habitude de le faire en super confidents, il lui raconta tout en détail pendant vingt minutes au moins, presque dans un seul souffle. Jusqu'à ce que son oncle, au bout du fil, l'interrompe « Paul ! Paul stop ! Paul ce n'est pas Alex, c'est ton oncle là ! Je suis désolé ! Tu pensais parler à Alex ? » Qui était mort depuis déjà presque un an... Il accéléra donc.

Pour freiner encore, comme c'était bizarre, devant la ferme des Gautier. Sous prétexte, comme il passait par là, d'encaisser les cours particuliers qu'il leur avait donnés. Une ribambelle de fils et de filles un tantinet retardés. Pas mal de flous par conséquent. Du liquide, une petite liasse qu'il pourrait sortir de sa poche quand il bloquerait Thomas dans un coin, « Je suis prêt à te payer si c'est ce que tu veux ! »

Paul toqua au carreau crasseux d'une fenêtre entr'ouverte. A l'intérieur il ne vit que de la pénombre trouée de petits éclairs bleutés. Il frappa plus fort sur la porte et, sans entendre de réponses, il s'invita à entrer. Après la lumière renaissante qui s'accrochait au paysage, aux arbres, aux cailloux, à tout, à la moindre brindille, à l'hirondelle, au cochon, au cheval, comme une tique, Paul s'accommoda mal de cette nouvelle obscurité. La pièce où il pénétrait était plongée dans une noirceur insoluble. Il perçut un «Bonjour Monsieur Després !» qui l'obligea à faire semblant d'y voir. Il s'avança donc gaillardement, à l'oreille, bras tendu pour serrer la main du fantôme. Il mit le pied dans une cuvette qui se renversa avec son eau savonneuse. Puis il entra en collision avec le fauteuil de la grand-mère qui ne moufta pas comme si sa langue avait été tranchée le jour de ses 14 ans par un affreux violeur, le jardinier arabe de l'évêque qu'on avait, c'est la tradition, accusé à la place de Monseigneur lui-même. Paul, enfin, se posa sur l'écran vide de la télévision en marche, telle une grosse mouche stupide. Car on passait « Les aventures de l'homme invisible ». Des gros plans et des travellings sur rien, une histoire dont on ne voit jamais précisément le héros, l'essentiel étant ailleurs, comme dans les rêves. C'était ce film qui éclairait, le mot est fort, la famille au complet, tracassée par les maladresses de la momie au chapeau mou. Pendant ce temps la mère Gautier lavait un bébé tout nu qu'elle tenait debout dans l'évier. Elle frictionnait énergiquement les fesses rougies, les bras minuscules, la nuque en verre, les petits petons, mais le gosse ne s'en plaignait pas. Pépé sirotait un vin jeune dans un verre douteux. Un ado brun et frisé, un des élèves de Paul, les yeux bandés par la télé, maniait toutefois avec aisance une hachette sur un billot pour entrer des bûches dans un poêle à faïences assorties à ses yeux bleus. Il ne faisait pas du tout froid pourtant. Ils regardaient bouche bée des lits se creusant et des draps se froissant sans personne dedans, des portes qui s'ouvraient toutes seules, une voiture sans conducteur et, surtout, bien pratique, un stylo sans écrivain. Totalement ignoré de tous, Paul, pour se donner une contenance, se mit à recenser les tomes de l'Encyclopédie Universalis.

Pourquoi cette somme de connaissances avait-elle atterrie chez ces gens ? C'était un peu à cause de Léopold. C'était une belle histoire. Elle commença avec toutes ces lettres d'amour que le Sénégalais écrivit à Jeanne de Sauvebonne alors qu'ils n'étaient pas encore officiellement ensemble. Elle s'était mariée deux fois. Ses deux ex n'avaient pas été à la hauteur. Le père de Julien était devenu hémiplégique après un AVC. Il avait quarante ans de plus qu'elle et il était mort avant la naissance de leur fils. Le père de Thomas et de Félix était parfaitement bien monté mais il était nul au pieu et préférait sa collection de voitures de sport. Elle l'avait largué après douze ans quand même, années plutôt creuses question sexe mais, grâce à ses enfants, elle ne pensait pas qu'à ça. Ce qui l'aida pour divorcer, furent leurs odeurs mélangées à Léopold et à elle, de café et de vanille, leurs cris argentins et rauques, leurs muscles ronds et longs, leurs plaisirs secrets, sur l'autel de granit rose, dans la chapelle de la tour que Paul revoyait enfin en se pressant pour remonter la pente.

Léopold en voulait plus. Amant entre deux portes ce n'était pas un rôle qui convenait à quelqu'un d'aussi intègre. Sans aller jusqu'au mariage, pour ne pas l'effrayer, il tint à officialiser sa relation avec sa dulcinée. Il lui fit la cour par centaines de lettres interposées. Il lui en envoyait une ou deux par jour et même des télégrammes parfois. Il aurait pu faire le messager lui-même, envoyer des textos ou des emails, mais il tenait à passer par la Poste, pour qu'elles soient timbrées et tamponnées, ce qui, d'après lui, leurs donnait plus de poids. C'est grâce à lui si la Poste de Virrelongues existe encore aujourd'hui et même occupe la moitié de la Mairie avec son receveur/guichetier/facteur en la personne de Maxime lui-même. La baronne les conserva toutes. Les lettres débordaient du tiroir secret de la coiffeuse, s'entassaient dans les coussins, dans les matelas, remplissaient l'armoire du salon de musique, prêtes à être chantées. Thomas enfant cherchait une cachette derrière le miroir d'un buffet, il ouvrit une porte et une avalanche d'enveloppes lui tomba sur la tête, des lettres d'injures, de menaces, de désespoirs, de rancunes, d'insultes, d'attentes, de silences, de terreurs, de suicides, toutes signées de la passion de Léopold. Conquise d'autant plus par son acharnement, Jeanne fut d'autant plus sa maîtresse et en fut d'autant plus satisfaite. Puissance de l'écrit. Lorsque leur union fut révélée au grand jour, ce courrier du cœur n'ayant plus lieu d'être, la Poste et son poste furent une fois de plus mis en péril. Paul s'abonna illico aux quotidiens du coin. Plus quelques revues littéraires. Comme cela ne suffisait pas, il répondit à toutes les sollicitations commerciales, ventes par correspondance, adhésions aux clubs du Livre, du Jazz, du Vin, du Slip, du Titanic en kit, du Boudin, du Foulard de soie. Il accepta toutes les propositions abusives, signa les yeux fermés ce genre de contrat : « Chère Madame Després, vous avez gagné dix mille euros, collez vite ces deux vignettes et vous aurez 100% de chances de gagner cent mille euros, en nous les retournant dès demain vous serez l'heureuse propriétaire d'une somptueuse villa avec piscine olympique d'une valeur de un million d'euros. Ne payez rien. Notre garantie : si vous n'êtes pas satisfaite vous n'aurez qu'à nous renvoyer ces splendides torchons en coton bio-équitable avant quinze jours dans l'enveloppe jointe sans l'affranchir », il participa à tous les concours internet qui vous fichent gogos à plumer, échangeables à merci. Il posa l'autocollant « Oui à la Pub ! » sur sa boîte aux lettres, il dit OUI à tout. Avec tous les colis allers et retours, les relances pour les produits non retournés, les recommandés, les accusés de réception, les premier deuxième troisième rappels avant poursuites judicaires graves, les faux avis d'huissiers, l'emploi de Maxime put être sauvé et la Poste garda quelques années encore son statut de service public de proximité. Les habitants de Virrelongues s'y étaient tous mis, le Maire donnant l'exemple en s'inscrivant à une quantité de régimes miracles à distance. Le facteur ne manquait pas de travail. Sa musette était pleine à craquer. Son scooter était à plat. Les Gautier, une sainte famille de paysans aux ancêtres analphabètes mais qui cultivaient les meilleures figues du pays, pour recevoir une machine à café électrique en cadeau, n'avaient pas hésité à commander, à l'essai, l'*Encyclopaedia Universalis* en 30 volumes version papier, plus le meuble, les thésaurus et tous les atlas. En pleine livraison, Maxime perdit l'équilibre et son Peugeot trop chargé le poussa dans le fossé. Entre l'œil et la Physis présocratique tout alla dans la rivière.

Paul toujours invisible chez les Gautier, en attendant le moment crucial forcément interrompu par une page de réclames, joua à repérer les 29 tomes, dans la pièce et dans l'ordre. Pour les quatre premiers s'était fait. Il les avait vus en arrivant, après la clôture de la cour. Ils servaient à mettre à niveau les planches du poulailler. Les jeunes pondeuses en avaient-elles gagné de l'ambition ? Allaient-elles renier leurs omelettes ? Si c'était le cas, pour leur faire perdre leurs illusions, le tournebroche était déjà huilé. Et le coq au croupion triste, aux ergots râpés et au plumage négligé serait vite remplacé par un fringant bellâtre qui aurait tôt fait de les mettre au pli les cocottes. Les tomes 5, 6 7 et 8 étaient simplement empilés sur une chaise pour que le petit dernier soit à la hauteur de sa soupe. Paul eut du mal avec le neuvième. Il était pourtant bien en évidence au milieu de la table, la couverture roussie et pour cause, c'était le dessous de plat. On le laissait fermé pour la soupière, et pour la marmite on l'ouvrait toujours au beau milieu, sur la photo d'un tableau de Jacob Jordaens apparemment restauré par un chapacan. Le jeu d'observation de Paul fut interrompu par la mère Gautier, au brushing impeccable, qui, au générique, sortit brusquement de sa fascination pour l'écran et se retrouva toute bête avec son couteau suspendu dans les airs comme la guillotine sur son bout de saucisson. Elle reconnut Paul et partit prendre une grosse enveloppe dans un tiroir lointain. Elle lui glissa discrètement dans la poche en chuchotant « Tenez Monsieur Després votre dû et merci pour les enfants. Ils ont fait beaucoup de progrès et, à la veillée, on peut enfin parler ensemble des bouquins qu'ils me conseillent. Quand le Gautier daigne éteindre sa télé… mais je le soupçonne d'être tombé amoureux d'elle. Il n'a même remarqué ma nouvelle minivague ! Deux heures et demi chez le coiffeur, pffff, macache bono. » Paul repartit à pas de loup et personne ne s'étonna de voir la porte, derrière lui, se refermer toute seule.

Ébloui, il s'attarda encore pour que le paysage solarisé reprenne ses couleurs naturelles, ce qui lui permit de comprendre l'escroquerie du miracle de Fatima. Revinrent aussi en force les chants inextricables des oiseaux toqués, les sarcasmes des insectes et les tendres assauts du vent. Il marchait tranquillement et prit encore le temps décidément d'écouter en détail les déplacements des abeilles et des moustiques, attentifs à la moindre différence entre les sons. L'Idiot lui avait appris à parler la langue des feuilles scintillantes et des ombres tapies, de la mousse tendue à l'arête du rocher, du rossignol aveugle qui croit pondre de la musique… et il crut voir un sanglier. Débouchant dans le chemin, les naseaux fumants, arrivant sur lui qui eut juste le temps de se ranger sur le bas-côté, c'était Louise débordante d'affliction, prête à lui arracher les couilles. Elle criait : « Julien ! Julien ! ». A ses basques, c'était le curé qui apparut hurlant la même chose « Julien ! Julien ! Montre-toi Julien ! Ouh Ouh !…» Essoufflé par le train de sa gouvernante, il ne s'arrêta même pas mais réussit à prononcer : « Julien a disparu. On le cherche partout. Il n'est pas à la cabane. Il y est toujours l'été quand je lui apporte un thermos de café arrosé (Sa mère lui interdit d'en boire). On est allé voir au château, il n'est pas là non plus. C'est très bizarre, ce n'est pas normal !... Ils t'attendent Paul !... Mais il n'y a plus de gâteau... au chocolat... très bon... » Cela devenait inaudible à mesure qu'il s'éloignait dans le vallon. Mais il cria encore ceci : « Thomas a chanté ! Il a finit de muer ! C'est un miracle ! Baryton Martin ! La voix du Bon Dieu !... » Le reste se perdit quand il disparut derrière un massif d'arbrisseaux en dentelles saccagé par les chenilles géantes.

Profitant de sa stupeur et de mon immobilité, un papillon centenaire, fort de sa grande expérience de bandit de grand chemin en fin de vie (neuf jours), se posa sur le bras de Paul et le regarda fixement avec ses yeux exorbités. Si ce n'était pas une réincarnation c'était du moins un signe. Reprofitant de sa nouvelle stupeur, il lui dit par télépathie un truc du style « Il n'y a aucun rapport logique entre désirs et satisfactions ». Sentant bien que Paul était trop con pour le comprendre, il repartit grognon et s'envola sans son butin vers la lumière. Revenant à lui, Paul courut vers son chéri, en comptant chaque mètre qui le séparait de lui, franchissant quelques montagnes, enjambant quelques océans, pour arriver soudain au pied de la forteresse, à l'entrée du parc, dans un pré vert où broutait un cheval blanc.

CHAPITRE SEPT

Dix-sept heures.
Sur la route.

Il n'y avait pas de cheval blanc mais Paul aurait bien aimé l'inventer là.

Autre déception, Monsieur Gustave fut le premier à venir à sa rencontre. « Il n'avait pas plu depuis quarante jours, tu te rends compte Paul ? » lui dit-il en préambule puis il le prit par la main et le tira comme pour le sortir du gouffre, vers les escaliers monumentaux où Léopold tenait Jeanne contre lui, l'épaule ferme, ressemblant au pêcheur sur la couverture du *Chasseur Français*, sourire aux dents et goujon dans les bras. Un cauchemar hétérosexuel. Un ciel en or après avoir été de plomb, un coteau planté de vignes après avoir été un chemin de croix, un lion en pierre devant la porte de l'ancienne porcherie, tout était de nouveau parfait. Tout prenait un petit air aristocratique à en énerver plus d'un mais qui était si relaxant. Pour Paul l'idéal aurait été de voir à l'instant apparaitre Thomas en haut des marches avec son mini short. Mais c'était pas mal. Une main noire glissa le long du tissu imprimé de ramages violets qu'aspiraient les hanches de la baronne et Léopold la lâcha pour descendre vers son ami, gardant ce même élan pour le broyer de ses étreintes. C'était les mêmes effusions viriles à chaque fois qu'ils se retrouvaient. « Qu'est-ce que tu foutais ? » Paul ne put rien répondre car Jeanne de Sauvebonne s'était avancé pour déposer un baiser sur le coin de sa bouche. « Nous allions partir sans toi… sans toi notre promenade aurait été gâchée… Louise et le curé sont passés pour nous affoler. Mais Julien est libre. Je pensais qu'il avait choisi de ne pas

avoir de règles... Il est heureux quand il pleut Julien !
L'autre fois, pour me plaire, il a embrassé la terre pour
se mettre du rouge aux lèvres... Pourquoi s'étonner si
vite de son absence ? Tu crois que je devrais
m'inquiéter ? » Cette fois ce fut Léopold qui l'empêcha
de répondre. Il s'insinua entre Jeanne et Paul et les prit
chacun par un bras. Paul regretta une seconde cette
intrusion qui le privait d'un peu de Thomas, de son
goût, de son origine, de ses mains blanches et de ses
petites tâches de rousseur, évitant de justesse un
orgasme, là, sur le gazon trempé.

Paul pour ne pas demander « Thomas n'est pas
là ? », demanda « Maxime n'est pas là ? ». Monsieur
Gustave tout au remaillage de son filet à papillons,
grand prince, minauda : « Il se bichonne à l'intérieur...
Il compte faire une nouvelle tentative de séduction à
ton égard mon beau Paul... tu te doutes bien qu'il en
pince pour toi depuis qu'il t'a vu à moitié nu dans la
cabine, tu sais bien ! » Paul savait bien. A ses débuts à
Virrelongues, avant qu'il accepte enfin de se racheter un
portable (le sien et tous ses contacts avaient disparus
dans l'accident), ses parents, qui se la jouaient parents
malgré tout, lui avaient donné rendez-vous chaque
mercredi soir à 20h30 précises à la seule et dernière
cabine téléphonique de Virrelongues. Le journal était
terminé, le film à la télé n'avait pas commencé et ils ne
jouaient pas au loto. Mais ce qui réconforta Paul ce fut
qu'il était, à leurs yeux, plus important que la pluie et le
beau temps. Quelques semaines après son arrivée
forcée il avait déjà pris le rythme rural sans s'en rendre
compte et s'était couché de bonne heure avec son
éternel livre de chevet. Il avait oublié le rencart

hebdomadaire. Lorsque la cloche sonna les deux coups de la demi, il courut à la cabine en slip, pieds et torse nus. Au même moment Maxime qui rentrait à peine du boulot aperçut une ombre blanche lévitant dans un aquarium illuminé. Il crut voir un spectre, une apparition. Et il ne douta pas d'avoir assisté à l'assomption de Marie. Paul raccrocha vite n'ayant toujours rien à dire à sa mère qui n'avait rien à lui dire non plus, mais ce sentiment de nudité le poussa un moment à rêver d'Alexandre. Cette belle érection dans la pâleur étrange de cette aura carrée amena Maxime au bord de la syncope. Aussitôt déçu quand Paul sortit de la cabine avec ce grincement typique, le sanglot long de la porte coulissante que les plus jeunes ne connaitront jamais. Déconvenue très vite vaincue par la dégaine affriolante qu'il exhibait. Maxime faillit s'étrangler et sa déglutition lubrique alarma Paul qui prit un air innocent, contracta les muscles de ses pectoraux, l'épata davantage par la grosseur de sa bosse, puis lui fit un petit signe de la main, un « Tu veux monter chéri ? » trop flou pour être honnête, avant de se précipiter chez lui, sous ses draps, en ricanant prétentieusement.

Jeanne dit : « Nous n'attendons pas les enfants. » Paul eut comme une décharge à l'arrière du crâne. Jeanne ajouta : « Ils sont parti eux aussi à la recherche de Julien. Un prétexte bien sur pour fuir cette balade dominicale qu'ils ont en horreur… Si Julien avait accepté de vivre avec nous, il serait… ce ne serait pas… il a toujours la chambre que je lui ai fait aménager dans le donjon… mais quand il fait plus chaud, il préfère dormir dans sa cabane… le curé m'a encore reproché de l'avoir installé dans une tour circulaire. Son argument principal : le poisson rouge devient fou quand son bocal est rond ! C'est vrai qu'il n'y a pas de coins dans cette chambre… et elle est très difficile à meubler, les armoires convexes ça n'existe pas… mais je prétends au contraire que pour Julien c'est bien ! Pas de renfoncements, pas d'encoignures, tout est lisse, c'est mieux non ? »

Paul allait dire que la fonction d'un curé était justement de donner un éclairage sur tous ces angles dont l'un d'eux resterait obscur à jamais, mais il la ferma pour une fois et se mit en route avec l'air d'un joyeux randonneur et un empressement plutôt louches. Il n'avait qu'un seul but, croiser Thomas et pour cela il fallait aller de l'avant. Du côté de l'étang peut-être ? Les trois frères s'y retrouvaient souvent pour des concours de ricochets. Paul comptait sur sa bonne étoile, assez canaille elle-même. Maintenant il trottinait presque. Les autres l'observaient sans se donner la peine d'analyser les causes de cette précipitation. Un peu comme l'écrivain derrière ses volets toujours clos qui l'avait vu traverser la place tout à l'heure, le voyant tituber, enregistrant sa démarche vacillante sans se préoccuper de savoir pourquoi il se comportait comme un mec complètement pété.

Maxime sortit enfin sur le perron et resta quelques secondes à dévisager les quatre reflets qui s'éloignaient en lui tournant le dos. Surpris lui aussi par cette soudaine clarté, le château étant aussi peu éclairé que l'église et que la ferme des Gautier, il descendit les marches en pains de sucre et rejoignit les promeneurs.

La baronne lui montra un panier d'osier « pour nos trouvailles » dit-elle. Elle ajouta :
- Nous partons par la route non ? Pour ma part je n'ai pas l'intention de m'enliser dans la gadoue !
- Vos désirs sont des ordres baronne !
- Il parait que le mec qui a lancé la bombe d'Hiroshima tenait un bureau de tabac.
- Et celui qui a inventé la chaise électrique était dentiste.
- Savez vous que la maison natale d'Hitler est devenue un centre pour enfants handicapés ?

Ils ne se préoccupaient pas de savoir qui avait lancé ceci ou cela, au hasard, histoire de dire quelque chose, une information cocasse puisée dans *Wikipédia*, leur allure s'accordant à leurs débats philosophiques, à leurs apartés ou à leurs fous rires. Ils se retrouvaient chaque dimanche tous les sept quand les enfants venaient avec eux. Ce fut de plus en plus rare quand Tom puis Félix commencèrent à avoir de gros doutes quant aux déclarations à l'emporte pièce de ces vieux cons. La route était tâchée par la pluie. Paul tout à l'heure avait remarqué l'angiome lie de vin dans le creux de la cuisse nue du fils Gautier. Il se dit qu'après son adaptation à la quasi obscurité tout lui était apparu plus net. Ils allaient d'un pas vif sous son impulsion. Il tenait à garder le rythme pour se donner plus de chances de retrouver Thomas. Alors que ses partenaires pensaient que c'était pour repérer l'Idiot perdu. Parfait alibi. La route était assez large pour qu'ils marchent de front en position de ratissage. Léopold pour en finir avec un silence trop lourd dit :

- A Dakar, en ce moment même, mes demi-frères jouent au foot dans les faubourgs ou vont au cinéma sur la place du marché pour s'éclater devant des films indiens.

Quatre imaginations interprétèrent la même scène : Jeanne, un peu frustrée ces temps-ci, vit des footballeurs luisants, des grands corps musclés en shorts de satin blancs, tous des sosies de Léopold au mieux de sa forme. Maxime visita longuement les vestiaires et les douches. Monsieur Gustave contempla les grands ventilateurs qui tournaient nonchalamment sous le plafond du cinéma rétro comme des libellules géantes et il zooma ensuite sur les grandes langues qui léchaient les boules à la vanille. Paul constata que les frères de Léopold étaient tous à poil et qu'ils couraient après un ballon argenté comme une bille de mercure mais ça ne l'impressionna pas plus que ça puisqu'il continuait de chercher, même dans ce mirage, son Tommy chouchou en goguette.

Comme ils n'étaient pas très fiers de leurs divagations, ils se mirent à parler dans tous les sens.

Des énormes bouses de vaches qu'ils venaient de croiser par exemple, qui forcèrent leur admiration et que Monsieur Gustave avait fourragées pour dénicher les scarabées qui s'y vautraient pour faire des boulettes de merde :

- Mais quel est l'animal fantastique qui a pondu ces magnifiques étrons ?
- C'est un troupeau de vaches Elles ont toutes visé pour caguer au même endroit.
- Et si ce n'étaient pas des vaches ? Vous êtes sûrs que ce sont des vaches ? Pourquoi pas

l'œuvre d'un monstre, le monstre de l'étang de Sauvebonne ?
- Nessie ?
- Pour le Nessiteras Rhombopteryx.
- À vérifier chez les Gautier.
- En tous cas c'est une sacrée merde !
- Il y a des adorateurs pour la merde aussi.
- Dans une région d'Afrique, si une femme lève contre son mari la cuillère en bois qui sert à touiller la tambouille, elle est immédiatement condamnée à mort.
- Ailleurs il est interdit de chanter des berceuses aux bébés.
- En Nouvelle Guinée on exhibe sa quéquette pour défier ses ennemis.
- Léopold ! Tu ne sais pas parler d'autre chose ?
- Non mon amour.
- Alors fais-le !
- Au Laos on vous balance un seau d'eau pour vous souhaiter la bienvenue.
- Qu'est-ce qui est normal ?
- Qu'est-ce qui est anormal ?
- Ce qui est normal pour les uns est anormal pour les autres.
- Moi je tourne ma petite cuillère de gauche à droite dans mon café, et je boutonne ma braguette de haut en bas.
- Moi aussi !
- Moi aussi ! Tu viens Paul ?

Insista Maxime qui partit en courant prétendument pour cueillir les champignons qui poussaient à vue d'œil un peu plus loin sur le bord de la route. Mais c'était parce qu'ils venaient d'arriver devant un grand trou à peine comblé de ciment juste là où, trois ans avant, se dressait un grand chêne.

Une brume de moucherons planait au-dessus de Paul qui eut soudainement très peur et qui crut voir un mec dissimulé derrière chacun des arbres de la forêt. Et ce n'était pas Alex, ni Thomas. Et personne ne vint à son secours.

Une chose était bonne, le débat snobinard qui s'était profilé à l'horizon était définitivement clos. Ils évitèrent de justesse cette planche savonneuse, un thème de discussion dont le sujet était le propre fils de Jeanne. Quoique Paul le déprimé aurait tout fait pour tirer la couverture à lui.

Elle en avait consulté des psys ! Ils avaient commencé par lui dire de se soigner elle-même, qu'elle entretenait la déficience mentale de son fils, qu'elle refusait de le voir devenir un homme, parce qu'elle avait peur des hommes de tous les hommes, parce que même si elle ne s'en était pas rendu compte, même si elle était dans le déni, elle avait forcément été violée par son père, d'une façon ou d'une autre, la preuve c'est qu'elle avait épousé un baron qui avait l'âge de son papa… Et pourtant c'était bien son fils qui était tombé sur la tête pas elle. Quoiqu'avant l'accident on racontait qu'il n'avait jamais été très fute-fute, déjà un peu gogol. Il fréquenta quelques centres spécialisés mais il fut finalement confié à sa mère et, on pouvait le dire, à Virrelongues tout entier. Il s'était parfaitement intégré à la vie du village. Il rendait de multiples services, il entretenait les chemins, le ruisseau, la décharge, le cimetière et le monument aux morts. Il était employé communal stagiaire. Il ne coûtait pas un rond aux contribuables parce qu'en tant que retardé mental léger il recevait aussi des aides de l'Assistance. Et un village sans ravi n'est pas un village heureux. Tout baignait donc. Mais il avait disparu l'Idiot. Jeanne de Sauvebonne avait pris un air grave et eut illico l'irrésistible envie de voir son Julien, de le serrer dans ses bras. Et puis il y avait autre chose. Léopold bandait mou depuis quelques semaines et ça ne faisait qu'empirer. Elle devait se contenter de sa langue certes épaisse et habile mais ce n'était pas pareil. Il ne pouvait plus la traiter de tout pendant l'amour, sa bouche était prise et elle puait comme s'il mâchait constamment une gousse d'ail. Elle prenait moins son pied. Elle était énervée la baronne. Elle partit devant.

Mais, juste après le fourré de laurier rose dans lequel Paul, toujours aux premières loges, avait vu deux jeunes corps se comparer, la baronne se figea. Au milieu d'un croisement nommé « la Patte d'Oie » par les gens du cru. Le carrefour dispatchait trois routes, la départementale en question, un chemin goudronné conduisant à l'étang et un autre s'enfonçant dans la forêt. Jeanne prit quelques secondes et se retourna vers ses compagnons de route qui arrivaient tout penauds comme s'ils avaient peur de se faire engueuler. Le vélo de Julien avait dérapé à cet endroit précis, à la même heure, sous ce soleil exactement. Il n'avait que onze ans. L'héritier encore unique du château de Sauvebonne. Il avait prétendu plus tard qu'il transportait un type en équilibre sur le porte bagage qui s'était amusé à mettre ses pieds dans les rayons de la roue arrière. On ne retrouva jamais cet inconnu et on estima que Julien l'avait inventé. En fait il avait trop hésité : le village, l'étang ou la forêt ? Il n'arrivait pas à choisir et le vélo roulait vite. Ne contrôlant plus l'indécision de son VTT il avait dû freiner brusquement et le gravillonnage récent s'était mis dans la culbute. Le petit Julien avait fait un vol plané au- dessus du guidon et sa tête avait heurté un caillou pointu, mal compressé, qui dépassait du bitume. Il resta sans connaissance aux bords des trois chemins, sans jamais savoir celui qu'il devait prendre. Jeanne par hasard passa par là. Elle rentrait d'une course en ville (elle pensait déjà à se remarier), elle conduisait le coupé de luxe de son nouveau fiancé. Elle vit son fils qui gisait là, et elle fut fascinée par ses cheveux qui rougissaient naturellement à cause du sang. Elle n'attendit pas l'immobilisation complète de la décapotable qui finit sans accroc dans le fossé. Elle ouvrit sa portière et alla rejoindre le corps inanimé de Julien en criant « C'est mon fils ! C'est mon fils ! » avec la certitude qu'elle allait le retrouver mort. Cette sale terreur fut gravée pour toujours dans sa mémoire. Julien fut héliporté vers le plus grand hôpital de la région. Trauma crânien grave. Vingt jours de coma lourd (7 au score de Glasgow). Trois mois de rééducation fonctionnelle, quatre de soins à domicile (kiné, orthophoniste, psy, pistolet pour pisser, petits plats mijotés, perfus de dessins animés à la télé et un chaton noir et blanc qui dormait avec lui, qui partit subitement le jour de sa guérison totale). Le nouveau Julien était arrivé. Jeanne se consacra entièrement à lui. Les noces furent retardées aussi. Mais elle tomba enceinte de Thomas, se maria fissa et Julien passa sur un autre plan.

Ils repartirent à la recherche de l'Idiot, doublèrent la cadence. Ils approchaient du village. Section halte ! Ils décidèrent de demander partout. Dans la cour de la première ferme, Madeleine reétendait les kilos de chaussettes qu'elle avait retirées du fil en vitesse avant la messe, avertie par les oiseaux qui volaient déjà au ras des pâquerettes. Pas vu le Julien après l'église. Dans la deuxième ferme, les deux fils Tassin faisaient des bulles dorées dans le ciel comme des îles dans le Pacifique. L'ainé les gonflait autour d'un seul souffle délicat ce qui ne manqua pas d'exciter 3/5 du groupe d'enquêteurs. Ils souhaitèrent une longue vie ronde à ces jolies couilles bien lisses qui voltigeaient mais l'autre grand con les poursuivait avec un bâton et les faisait éclater une à une. Sale temps pour les roubignoles et toujours pas de Julien en vue. Ils furent vite aux portes du cimetière, un des domaines de l'Idiot. Grâce à lui et à son lubrifiant, la grille que poussa Maxime ne grinça pas du tout, pas le moindre couac. Sur un écriteau suspendu au portillon Julien avait écrit, tenté d'effacer puis raturé « Empêchez l'entrée des chiens » et plus bas, ces mots intacts : « Et évitez de déverser des ordures dans les allées ». C'était bien dans le style compassé de Paul qui lui avait soufflé ces deux lignes. Julien sous le charme, devinant que les mots étaient plus forts que l'interdiction qu'ils exprimaient, plus puissants que le marteau qui avait fixé la pancarte, avait alors pris un air ampoulé et il avait signé « Julien » la larme à l'œil, en lançant son paraphe comme un bouquet de violettes à une diva. Paul le trouva chou lorsqu'il le vit repartir, transfiguré, pour aller rêvasser dans sa cabane.

Léopold passa un bras protecteur autour des épaules de Jeanne. Paul repéra ce geste qui l'énerva. Il les trouvait gnangnans ces hétéros. Et tellement ordinaires. Leurs bécotages pouvaient être démonstratifs et publics, pas ceux des pédés, surtout à la campagne. C'était peut-être pour ça. Et la baronne avait l'âge de sa mère, ça aussi.

Monsieur Gustave prit le poignet de Paul et le serra avec affection. Ils avaient tous des proches à pleurer dans ce cimetière, mais Paul pensait qu'il était le seul à mériter une compassion particulière. Alexandre n'était pas loin. Ah ! Ce bon monsieur Gustave ! Quel gentilhomme ! Après avoir vu tant de choses de toutes les couleurs il avait choisi de vivre dans ce village de demeurés en y prenant véritablement plaisir, s'entourant de choses simples, d'idées simples et d'esprit simple. Heureux avec son Maxime, obsédé par le bonheur de ce nigaud. Si attentionné, si tranquille, si brave, il semblait incapable de souffrir ni de se sentir abandonné. Parce qu'un jour il l'avait décidé ainsi. Au contraire de Paul, il allait dans la vie convaincu qu'avoir des états d'âmes n'était pas une fin en soi. Paul, lui, préférait vivre tragiquement plutôt que voluptueusement. Le secret du bonheur de Monsieur Gustave c'était qu'il se savait capable de tout quitter, de tout recommencer, un beau matin, pour repartir pour une nouvelle aventure, les plantant tous, là, dans leur cambrousse. Faut dire qu'il avait eu tort jusque là de ne pas profiter des voyages gratuits qu'une compagnie aérienne lui offrait à vie parce qu'il était né dans un avion. Raison première, pensait Paul, de son aversion pour le changement. D'où son goût pour les papillons quand ils étaient cloués au sol. Et le voilà qui regardait fixement les cumulonimbus qui s'effilochaient comme sur le faux-ciel en PVC qui s'était décollé dans sa chambre d'enfant. Paul ne pouvait plus le piffrer. Toute cette perfection le faisait vomir.

Le cimetière jouxtait le court de tennis municipal. Deux beaux mecs cuivrés s'y renvoyaient mollement la balle. Les trois folasses eurent donc matière à cancaner. Le couple hétéro était hors du coup. Ils n'étaient pas en phase donc ils s'éloignèrent de leur côté en se collant davantage. Le communautarisme avait du bon.

Une centenaire aux joues roses, ridée comme une vieille pomme, les ongles carrés et terreux, remplissait une cruche. Ce n'était plus, comme dans le temps, pour remplir les vases, ni pour arroser le terreau dans les pots. C'était pour dépoussiérer les fleurs en plastique, décrasser les plates-bandes en céramiques et lessiver les orchidées en velours. « C'est plus de travail et c'est moins joli… Non je n'ai pas vu Julien après l'orage » dit-elle. Et le silence redevint typique. Paul voulut bien sûr en profiter pour se recueillir sur la tombe d'Alex. Ils se dirigèrent donc tristement et sans un mot du côté du « Jardin des Soupirs », nom mélo donné récemment par le Maire au carré des indigents. Et là ils constatèrent avec stupeur qu'un trou avait été creusé tout près de la sépulture toujours bien entretenue du grand amour de Paul. Des pas sur le gravier, une envolée de moineaux sortant bruyamment d'une haie de fusain et ils crurent une seconde à la présence de Julien. Non. Ils se retrouvèrent un peu assommés, plutôt confus, parmi les âmes lourdes de tous ces chers disparus, submergés par un souffle pesant, étourdissant, celui de la Mort c'était certain. Le vent était tombé mais l'air était glacé.

Des nuées d'insectes s'incrustaient dans le jour pour retenir ce qui lui restait de reflets cuivrés et de miroirs polis au sable fin, les parfums s'y mettaient aussi, Jeanne commença même à chanter lorsque Félix lui entra brutalement dans les genoux. Essoufflé, s'agrippant à la robe de sa mère, il réussit à articuler le prénom de son frère et Paul n'attendait que ça.

- Thomas ! Thomas ! Il a trouvé Julien !
- ???
- Il est tout nu Julien !

Elle éclata de rire.

- Il est allé nager ? Il doit être gelé !
- Ben… oui. Il est mort.

CHAPITRE HUIT

Dix-huit heures.
Dans le jardin de l'écrivain puis dans la cabane de l'Idiot.

Lorsque le coiffeur se courbait au-dessus de Julien pour lui couper les cheveux, c'était un fourreur dépeçant un renard pour en faire une étole.

Les mèches étaient rouges à plus d'un titre. Cette fois les ciseaux du coiffeur ne survolaient plus la crinière de l'Idiot, ils étaient enfoncés dans son crâne jusqu'au niveau du pivot. Couverts d'un jus poisseux coagulé en croûtes brunes.

Jeanne hurla encore « C'est mon fils ! C'est mon fils ! », mais cette fois elle ne courut pas pour étreindre le corps inanimé, elle garda une bonne distance entre elle et la mort, elle se mit à sangloter dans un coin, un genou à terre, à l'abri d'un olivier et personne ne put savoir si elle parlait de son fils Julien l'assassiné ou de son fils Thomas l'assassin.

Elle se tenait à l'écart bien plus parce qu'il y avait se sexe révélé, le sexe de son enfant, ce sexe vivant d'homme mort, le sexe de Julien qui était étendu là, dans ce potager, au milieu des légumes, complètement nu.

Jusque là ses vêtements trop amples avaient caché son corps sec et musclé, athlétique même se dit Paul, façonné par les footings dans la forêt, par l'escalade des clôtures, par les allers-retours à la nage entre les deux rives de l'étang. Dès qu'il en atteignait une il n'était pas à l'arrivée mais déjà au départ de la course prochaine, perpétuellement, jusqu'à ce que trop épuisé par ses brasses frénétiques il se couche dans le gazon desséché pour s'endormir des heures au soleil. D'où son bronzage intégral. Dans la lumière descendante de cette fin d'un jour que la pluie avait traversé, l'Idiot semblait doré à la feuille comme une idole sacrée.

Ils avaient suivi Félix derrière la maison aux volets toujours clos. C'était en fait une moitié du presbytère qui avait été coupé en deux. A l'époque de la construction de cette bâtisse, les seigneurs de Sauvebonne, pour réserver leurs places au paradis, avaient tenu à loger leurs curés comme des papes. La vente de cette partie avait fait rentrer un peu de blé pour l'entretien du clocher entre autre. Si on observait le mur commun du dos, fraichement chaulé côté curé, avec de grandes lézardes pommadées de lichen du côté de l'écrivain, c'était clair.

Un auteur de romans policiers vivait donc là depuis une quinzaine d'années, un ancien funambule paralysé et licencié de son cirque après une mauvaise chute. Il ne quittait pas sa chambre ni son fauteuil. Il n'avait disait-on qu'un seul infirmier, homme de ménage et ami fidèle en la personne de Christian le coiffeur. Il n'avait pas d'autres visiteurs. À part Louise qui livrait les légumes frais, mais elle n'était curieuse que du Bon Dieu... et Thomas. Mais ça ils ne le savaient pas encore et encore moins Paul qui l'aurait mal digéré.

L'écrivain offrit sans générosité l'exploitation de sa parcelle de jardin à Louise, afin quelle la cultive à sa façon, avec sa célèbre poigne, administrant fermement sa troupe de courgettes, plus douce avec ses tomates, énergique avec sa ribambelle de laitues, conciliante avec ses choux pommelés.

Léopold avait déjà quitté la scène du crime, pour éloigner Jeanne, pour téléphoner aux pompiers, aux flics et à sa mère.

Félix, aux ordres, courait de partout pour aller sonner aux portes.

Les trois autres étaient restés là pétrifiés, formant encore un seul bloc, un tas de pédés, depuis deux bonnes minutes. Abasourdis par le drame de cette beauté divulguée, ces cuisses admirables dans leur duvet blond, ces épaules nues, son cou… et par cet horrible spectacle, cette tête de christ et son toupet sanglant, ces yeux grand ouvert regardant la mort en face, la grande lumière blanche. Il y avait aussi de minuscules gouttes bleu-turquoise qui dévalaient une pente allant de son plexus solaire à son nombril, l'aine zébrée de ruisselets aux couleurs cyanures, pour finir dans le buisson de son pubis, ses poils roses et soyeux autour d'une toujours belle bite que les trois vicieux n'osaient même pas reluquer. Monsieur Gustave reconnut l'encre de son stylo perdu. Ce qui ajouta au malaise. « Sa peau est-elle douce ? », Maxime craquait. Pour répondre à cette question, loin d'y voir de la perversité, Paul se précipita sur le corps de Julien. Afin de lui fermer les yeux pour la version officielle, plus sérieusement pour honorer cette beauté avant qu'elle ne s'éteigne, pour le palper, le toucher, le caresser de partout, ailleurs et davantage, dans un grand désordre de gestes effarés par eux-mêmes. Monsieur Gustave et Maxime étaient tellement stupéfaits par le comportement de Paul, devenu sous leurs yeux le pire des pervers, coupable assurément des attouchements les plus contre-natures qui soient, que leurs reproches restèrent en travers de leurs gorges et qu'ils eurent du mal à ne pas dégueuler. Mais ils auraient été plus outrés encore s'ils avaient soupçonné ce que cachaient ces outrances. Toutes ces gesticulations immondes pour vérifier s'il ne restait pas de particules blanches entre les dents de Julien. Si des bribes de papier n'étaient pas collées à ses lèvres. S'il ne subsistait pas d'indices qui l'accuseraient du meurtre de l'Idiot. Lui et son complice. Car il se retrouvait avec un complice. Il priait pour que ce soit lui, Thomas. Scandaleuse jusqu'au bout.

À part les enfants sourds, les vieux en carafe et les poètes caractériels, tout le village était là.

Bien avant les pompiers qui avaient encore des doutes, les gendarmes qui étaient en stage de tir, la Crim', la scientifique, l'IRCGN et la SDPTS qui se dérangeaient moins quand il s'agissait d'un Idiot, planté dans un potager, dans un bled paumé. Le Maire ne manqua pas de leur dire qu'il s'agissait tout de même d'une huile puisque la victime était l'héritier d'une des plus vieilles familles de France. La cellule psychologique fut envoyée d'urgence.

La scène du crime fut saccagée comme pas possible et, en dépit du succès dans les chaumières des séries télés style *Les experts* et donc des nouvelles attentes des victimes, des jurés et des criminels eux-mêmes (CSI Syndrome), le corps de Julien fut installé sur une belle planche (avec des charnières ouvragées) arrachée sans doute à une armoire de la salle des mariages, posée sur deux parpaings empruntés à la stèle du monument aux morts.

Laissant les pleureuses se tirer les cheveux en sanglotant, le club des cinq, précédé de Félix, poursuivit son enquête en se mettant à présent à la recherche de Thomas. Plus pour le protéger que pour le faire chier.

La piste était facile à suivre : il avait semé les vêtements qu'il venait d'arracher au cadavre de son demi-frère, exécutant ainsi un rite funéraire dont lui seul connaissait les tenants et les aboutissants. Le chemin s'ouvrait par la casquette de Julien, celle avec les antennes, accrochée à un rosier de marshmallows. Une chaussette dans la boue, le caleçon presque dissimulé derrière une cascade de lierre qui couvrait un rocher puis la chemise en oriflamme nouée par une manche à la branche d'un saule, Thomas avait vu ça en grand. La deuxième chaussette entortillée autour d'un pied de vigne choisi pour ses formes suggestives, autant dire qu'il avait prit son temps et Paul se mit à croire que cette mise en scène lui était destinée. Le pantalon enfin, allongé tel un fakir sur un coin d'épis épargnés par la faux, pour qu'il semble tout bonnement suspendu dans les airs. C'était bien le sentier qui contournait l'étang de Sauvebonne et qui menait à la cabane de Julien.

Félix marchait plus vite et paraissait translucide.

Paul leur montra la marque qu'avait laissée Julien en aplatissant l'herbe à l'endroit où il s'était étendu à poil après avoir nagé. Il eut envie de marcher dans la trace ou de s'y lover carrément. Mais effacer publiquement toutes les empreintes ne plaiderait pas pour son innocence. Il renonça de justesse à ce rab de fantasme.

La cabane était un ancien abri de chasse. Julien l'avait complètement relooké avec des cartons de frigo, des boites de poupées, du papier cadeau et des rubans. Il avait passé des heures et des heures pour ordonner son intérieur avec sa propre logique, cherchant par exemple à harmoniser une peau de lézard avec un galet rouge, des filtres de cigarettes autour d'un mille-pattes, un éclat de miroir dans un nid d'hirondelles. Il aimait faire visiter son musée et, tel le commissaire de l'exposition, savait défendre les créations présentées. Paul l'avait entendu parler de « mélancolie » pour le lézard et de « frustration » pour le galet rouge, de « poésies à trois dimensions », de « ses bébés ». L'artiste avait des conversations avec ses œuvres, il n'était bavard qu'avec elles. Mais il ne finissait jamais ses phrases. Les objets ne lui en voulaient pas mais c'était rédhibitoire pour entrer à l'Ecole du Louvre. Sa chambre était meublée d'un lit de camp et d'un billot en chêne massif en guise de table de nuit. La kitchenette était composée d'un réchaud à gaz et d'une cuvette en métal. Il y avait des tiroirs et des boîtes empilés dans tous les coins et même sous le lit. Maxime s'écria : « J'aurais jamais cru que c'était lui ! » et Monsieur Gustave lui redit posément : « Il est impossible que ce soit lui. »

Il y avait des prunes qui pendouillaient au plafond. « Des vraies prunes ? » demanda Félix dans sa caverne d'Ali Baba. « Oui des prunes vivantes » répondit Léopold. C'était en effet un prunier sauvage (après avoir été domestique) qui charpentait le garni de Julien, avec son tronc tout tordu, presqu'en angle droit. Trois ans plus tôt, l'Idiot avait cueilli un fruit à la peau violette et l'avait partagé avec Paul en guise de bienvenue, pour comprendre ce qui se passait dans sa tête, connaître ses pensées les plus juteuses et les croquer avec lui. « Tu as vu, on dirait des glands de capitaines en bordée ! » Paul avait su que l'Idiot ne l'était pas. C'est vrai qu'à quelques secondes près il aurait pu mordre dans le gland d'Alexandre.

Maxime ramassa un stylo qu'il relâcha aussitôt, comme brûlé. Léopold réunit les restes du Montblanc du bout des doigts et les rendit à son propriétaire, Monsieur Gustave qui dit un petit merci en glissant les deux morceaux dans un mouchoir en boule qu'il glissa dans la poche ventrale de son anorak. Paul était plein de l'odeur de cette encre qu'il avait goûtée sur le corps de Julien, qu'il avait trouvée poivrée. Dans cette promiscuité, dans cette lueur étroite, la moindre odeur, le moindre détail faisait loupe et tout prenait une énorme importance. Ils entendirent un sanglot. Cela venait de l'extérieur. Thomas était là. Il portait la veste de Julien, sans les décorations. Il la tenait bien serrée sous ses bras croisés contre sa poitrine. Paul laissa la baronne le couvrir de baisers. Tommy avait vieilli d'un bond, ses joues étaient aussi bleues que celles d'un barbu mal rasé et il avait rajeuni aussi, il pleurnichait comme un gamin. Ses mains aussi étaient pleines d'encre. Il affirma plus tard qu'il avait trouvé le stylo-plume de Monsieur Gustave dans la poche de cette veste. Julien l'avait sans doute ramassé. Paul, lui, savait bien quand et où. Thomas lui jeta un bref regard noir. Cela suffit à Paul pour s'illuminer comme un lampion mais cela ne se vit pas. Il était sûr de l'identité de son complice et par bonheur c'était le garçon qu'il voulait aimer. Thomas savait pour le missel, c'était certain. Qu'est-ce qui était passé dans la tête de Paul pour qu'il le bourre de force dans la gueule de Julien. La folie toute apparente de l'Idiot avait exaspéré la sienne toute intérieure, c'était une hypothèse. Il l'avait tiré par les cheveux pour qu'il ouvre grand sa bouche, « Avale bouffe ça avale mange tout ! » Julien ne s'était pas rebellé au début. Pour faire plaisir à Paul, il avait même accepté d'engloutir les pages agglomérées, petits tas par petits tas, puis tenté de les engouffrer en bloc. Paul les avaient compressées avec les pouces, les autres doigts prenant appui au-dessous du menton. Julien devint tout rouge et se mit à suffoquer. Mais le missel entier ne réussit pas à l'étouffer complètement. Paul lui avait pourtant fait ingurgiter 2000 pages. « Avale ! Avale ! » Finalement, Julien perdit connaissance dans les bras de son assassin qui le déposa tendrement entre deux rangées de légumes qui semblaient déjà bouillir pour la soupe. La couverture en cuir du missel avec les initiales « PD » était restée en travers de la gorge de l'Idiot. Paul avait dû forcer comme un barge sur sa mâchoire pour la décoller de ses dents du fond et pour la récupérer, ainsi que toutes ces prières effilochées qui s'accrochaient au fond du palais. It's raining cats only.

Paul savait que Thomas savait. Comment l'avait-il appris ? Cela restait un mystère. Thomas avait fait ce qu'il fallait. Pour que Paul ne soit pas accusé. Parce que Thomas était amoureux de Paul. C'était clair, clair, clair ! Mais pourquoi avait-il pris le risque de se retrouver en prison, séparé de lui ? Ce n'était pas si clair après tout. Et Thomas avait vraiment l'air de lui faire la gueule. Ça gâchait un peu sa déclaration d'amour.

CHAPITRE NEUF

Dix-neuf heures.
Dans le jardin de l'écrivain, sur la place du village puis dans la maison aux volets toujours clos.

Dès que la lumière du jour finissant fit rougeoyer les contours, ils repartirent tous vers Virrelongues, avec une soucieuse impatience, avec de gros soupçons, car à la réflexion de Monsieur Gustave, « Pour nos tiroirs je ne comprends toujours pas… ce n'est pas Julien qui a pu les déménager comme ça, ni toi jeune homme, nous étions tous à l'église et… », Thomas l'interrompit pour dire ceci, plus énigmatique y a pas :

- C'est le funambule qui m'a dit de le faire !
- Faire quoi ?
- …
- Mais quand tu parles du funambule tu parles bien de l'écrivain de la maison aux volets toujours clos ?
- Oui.
- Tu le connais comment ? Tu es allé chez lui ?
- Souvent.
- Et… depuis longtemps ? Tu l'as connu comment ?
- En jouant dans son jardin quand j'avais neuf ans. C'est à cause du dindon…
- La fois où tu as tué le dindon de Louise avec une pierre ? Quand elle t'a poursuivi avec une fourche dans tout le village ?
- Vous avez déjà été attaqué par un dindon en colère ?
- Quand on t'a cherché partout ? Que tu t'étais complètement volatilisé ?

- Oui. J'étais caché chez le funambule. Et après papa m'a foutu en pension, ce con. Je n'y suis retourné qu'il y a deux, trois mois... par curiosité...
- Il t'a ouvert sa porte ? Comme ça ? En quel honneur ?
- Il m'a fait signe de venir, par sa fenêtre. Il avait tout vu. Il voit tout. Il est toujours planqué derrière ses volets. Il sait tout sur tout le monde dans ce village.
- Tu crois qu'il sait qui a tué Julien ? Ça s'est passé dans son jardin après tout ! S'il fait toujours la concierge, il était bien placé pour tout observer !
- Ça je ne sais pas.
- Tu n'as pas tué ton frère ? Hein ? Tu ne peux pas avoir tué ton frère ? Dis : je n'ai pas tué Julien. Dis le nous s'il-te-plait ! Dis-le !
- ...

Thomas était un imposteur. Il pouvait mimer la souffrance de façon si crédible qu'il faillit manquer d'air. Il aimait bien leur faire croire qu'il était l'assassin de l'Idiot. Il savait que ça faisait jouir Paul en particulier. Il fanfaronnait, là, se mirant dans sa petite femme, face à son propre génie, c'était le moment de kiffer sa race.

« On n'a qu'à aller voir ! », dit Léopold. « Chez l'écrivain ? », s'écria Paul. « Bien sûr, on verra bien ce qu'il a à nous dire ! », dit Monsieur Gustave. « Mais on ne le connait pas », désapprouva Paul. « On fera connaissance ! », conclut Léopold. Ils décidèrent donc d'aller rendre une petite visite à l'écrivain funambule. Ils iraient les quatre, Monsieur Gustave, un peu dans le rôle du détective, Thomas pour l'indispensable confrontation, Paul dont l'érudition servirait à charmer l'écrivain et à faciliter le dialogue, Léopold qui, si l'occasion se présentait, pourrait jouer les gros bras. Maxime resterait avec Jeanne et Félix.

Paul traînait des pieds. Il savait que l'écrivain de la maison aux volets toujours clos avait pu raconter à Thomas ce qu'il avait vu dans le potager. Il pouvait l'accuser devant les autres. Ils furent cependant vite rendus à l'église où l'abbé Claude avait déjà aménagé une chapelle ardente, fin prêt qu'il était, comme tout bon curé, pour s'associer à cette tragédie et fourguer sa camelote. Julien était rhabillé. Louise lui avait enfilé une grande chemise à jabot et à manches bouffantes, une espèce de camisole en dentelle, qu'elle avait fait mousser avec dextérité. Où l'avait-elle dénichée ? Ce mystère-ci allait rester sans réponse. Et c'était le fils du roi qui gisait sur l'autel, auréolé de milles loupiotes, les veilleuses avec la décalcomanie de Saint Isidore le laboureur (durée 5 jours), les neuvaines (9 jours), tous les cierges vacants, même ceux qui avaient été allumés bien avant, par d'autres diables, pour d'autres prières.

Jeanne de Sauvebonne semblait en grande conversation avec son fils, la plus grande qu'elle n'ait jamais eu. Félix quant à lui apprenait le respect des morts et chassait les mouches voletant au dessus du cadavre qui scintillait comme des lingots d'or. Les mains de Julien avaient été jointes, un peu de force. Pour le bas, il portait un jean trop serré que Thomas avait renoncé à mettre parce que devenu trop court et qu'il avait abandonné derrière un prie-Dieu de la sacristie. Ce paquet ma chère ! Les femmes, dont les maris n'assuraient pas des masses au pieu, n'y étaient pas allé de main morte. Elles l'avaient palpé à qui mieux-mieux et, à cet endroit précis, la braguette était déjà bien râpée, décolorée comme furent patinées les parties viriles en bronze de ce Victor Noir qui couchait et couche toujours avec tout le monde, au Père Lachaise. Le pantalon était dégrafé à la taille, de deux boutons pas plus. Paul était si à fleur de peau qu'il réussit à voir à travers le tissu. Il put constater que l'expression « raideur cadavérique » était de bon aloi.

Léopold le tira hors de l'église. En effet son ami se recueillait d'un peu trop près encore, du côté des pieds nus, et ils avaient une enquête sur le feu. En traversant la place, Monsieur Gustave faillit s'étaler. Les pavés étaient encore glissants surtout au milieu, là où ils étaient tâchés de vinasse. Paul pensa à l'exécution de Pluton. En clignant des yeux, Léopold bomba le torse et monta les sept marches du perron pour aller frapper à la porte de la maison de l'écrivain. Thomas prit les devants et sans attendre de réponses poussa la porte qui était moins mystérieuse pour lui et qu'il savait toujours déverrouillée. Ils furent engloutis par un couloir sombre troué par un rayon doré qui provenait d'une applique moche sur laquelle tournait une pyramide de poussière. Ils montèrent deux étages dont les paliers étaient condamnés avec des murs de briques. Le nouveau proprio n'avait pas fait de travaux ou vraiment le strict nécessaire. Arrivés au troisième, ils furent directement projetés dans l'arène, la chambre et le bureau de l'écrivain dont les trois fenêtres en effet offraient un excellent panorama, une super-vue imprenable sur Virrelongues et ses environs. La maison étant la plus perchée, le village lui-même étant niché sur les flancs d'une colline en bordure d'un fossé d'effondrement, donnant sur le côté aveugle. Par ces persiennes aux lamelles pivotantes, adaptées aux voyeurs non exhib', on voyait le château et l'étang, la route en pointillée, la lisière de la forêt, le presbytère, le potager de Louise, l'église Saint Isidore, la maison jaune de Maxime et Gustave, celle de Paul, la garçonnière de Monsieur le Maire, sa Mairie, le Bar-central, le salon de coiffure, la boulangerie, l'usine de papier, le moulin, le cimetière, le terrain de tennis, les bois et les prés, jusqu'aux fermes des Tassin et des Gautier. Tout ça sans se pencher, en restant assis sur un fauteuil à roulettes très confortable pour écrire, pour manger, pour pivoter et pour se déplacer dans la pièce et suivre quelqu'un sur 3126 hectares, à travers champs, d'une fenêtre à l'autre.

Le funambule était assis à sa table de travail, une couverture grise sur les genoux. Une chaleur étouffante. Un remugle de tabac froid. Une odeur âcre de pissotière. L'idée qu'ils se faisaient d'une chambre d'écrivain, le radiateur couvert de paperasses, le lit défait, la table de nuit écrasée par une masse de bouquins aux pages cornées, deux doigts de poussière gluante partout, des moutons virevoltants sur les tapis usés, des piles de livres sur les chaises et par terre dont *Les Chants de Maldoror*, *Les Mille et Une Nuit*, *Illuminations*, *Voyage au centre de la Terre*, et l'*UBU Roi* d'Alfred Jarry, une édition de 1921.

Le bureau, lui, était impeccable, nickel chrome, ordonné, verni, policé, avec son cactus en pot, son cendrier dans lequel on venait de passer une éponge humide, des cahiers d'écoliers, une rame de papier, l'imprimante, les pages blanches ou presque, raturées, froissées, déchiquetées, découpées, le tube de colle, les Bic deux couleurs, les blocs de Post-it, et l'ordinateur portable. Ils manquaient les ciseaux. Ils les retrouvèrent, une manie décidément macabre, comme s'il en pleuvait, dans le crâne de l'écrivain, plantés comme des banderilles.

Monsieur Gustave appuya sur une touche du PC ouvert qui aussitôt afficha l'ultime page du roman inachevé. Les trois autres se précipitèrent contre l'écran comme si ces derniers mots étaient écrits dans le sable et aussi pour se concentrer sur autre chose qu'un trépassé. Ils les lurent à voix basse et on aurait dit qu'ils faisaient partie d'une secte :

« Elle est belle quand elle est triste. Je la consolerai après la messe. Il faudra que je l'aborde après la sortie de l'église. Quand elle saura que son amoureux n'est qu'un vulgaire pantin elle n'aura plus qu'à tomber dans mes bras. Demain elle aura une nouvelle robe et elle enverra quelqu'un me chercher. »

Léopold commençait à bouillir.

Il y avait un Post-it jaune collé sur le bord de l'ordi, avec cette phrase : « Dimanche prochain, je ferai semblant de mourir dans ses bras. »

Paul alla actionner un interrupteur qui éclaira la pièce (ce fut pire encore) et se retrouva seul, adossé au mur, rempli de trouille, avec un trou incandescent en plein milieu du front. Et ça leur faisait ni chaud ni froid. Thomas s'en foutait aussi. Le soleil couchant, tireur d'élite sur le déclin, pour son bouquet final avait envoyé une fusée pourpre entre les deux yeux de Paul qui se sentit d'autant plus visé, tourmenté de l'intérieur et donc forcément à plaindre.

Monsieur Gustave examinait le cadavre avec la froideur inouïe du légiste dans les séries :

- Cet homme vient d'être assassiné. Il est chaud, du sang frais coule toujours alors qu'il n'y a pas, ici, de ramifications veineuses…
- Vous voulez dire que le tueur pourrait bien être encore dans cette maison ?
- En tous cas il s'agit du même coup mortel, le même geste accompli par le même assassin… ce qui innocente Thomas !
- Et nous serions en présence d'un serial-killers ?
- Et bien… oui.

Et il retourna à l'examen de son macchabée comme s'il avait l'idée de commencer une autre collection. Léopold roulait de gros yeux blancs, Paul se mordait les lèvres, Thomas prit les commandes :

- Venez ! On va fouiller la maison ! Si le meurtrier est toujours là, nous allons le trouver ! Il n'y a personne dans la cuisine, il faut monter au grenier ! Allons-y tous les trois ! Vous, Monsieur Gustave, restez près du funamb…

Paul fut ravi d'être aux ordres de Thomas. Et d'avoir Léopold au cul. Ils montèrent au grenier par une échelle escamotable en alu. Ils y trouvèrent une ombre tremblante courbée sur des malles et des cantines, les fouillant fébrilement, envoyant tout en l'air. Il se tourna vers eux, une paire de moustache en vrais poils finit de planer dans un brouillard de fond de teint.

C'était Christian. C'était le coiffeur.

CHAPITRE DIX

20 heures.
Dans le journal de demain.

AVERTISSEMENT
C'est le chapitre, toujours décevant, du discours explicatif, de la solution des énigmes. Présent à la fin de la majorité des romans policiers, c'est le moins disjoncté, le plus straight, c'est donc le plus barbant.

Si on a le choix (proposé ici) d'éviter la cohérence, si cela ne gêne personne, autant s'en passer et aller directement à l'épilogue (p.142).

Paul n'y comprenait plus rien. Et ce n'était pas le seul.

L'interrogatoire et les aveux, comme dans le dernier chapitre des romans policiers, furent si explicatifs que cela n'eut à cet instant plus l'air de les intéresser. Car les solutions ne valent jamais les énigmes elles-mêmes mais, bon, il fallait se les coltiner.

Paul plutôt que de se contenter de cette suite heureuse des évènements et de rester dans son coin sans rien dire, en se frottant discrètement les mains, ne put s'empêcher d'en faire des tonnes quand il se jeta sur le coiffeur pour le saisir par la cravate (toujours blanche) mais qu'il relâcha aussitôt, ayant pas mal de raisons pour se dégoûter lui-même.

Christian était tout pâle. Il était pitoyable et semblait endurer un froid intolérable. « Coupable de panique dans une grange en feu », pensa Paul. Pour le reste, le coiffeur agita une vieille photographie et se confessa ainsi :

« C'est la photo que je cherchais. Ici c'est moi et à côté c'est lui, devant notre 1000ème coffre-fort. »

Le cliché circula. Ils étaient tous les trois sur leur garde, émus, comme s'ils avaient peur de se réveiller. Ils virent deux hommes très chics qui posaient fièrement dans la salle des coffres, pendant leur 22ème braquage. Mais ils n'étaient absolument pas reconnaissables. Ils portaient tous les deux des perruques, des moustaches et des barbes. Ils étaient très maquillés et il était impossible de faire le lien avec l'écrivain et encore moins avec le coiffeur. Cette candeur, sa cravate, et ces ciseaux dans les crânes, plaidèrent en sa faveur.

« Je venais d'avoir mon CAP d'artisan coiffeur et c'est moi qui ai eu l'idée de nous maquiller en bourges (d'où le titre, « le Gang des Bourgeois »). On pouvait se la péter tout en dévalisant les rupins. Une façon rapide de s'élever dans la société. Les postiches, c'était mon domaine, fabriquant moi-même les fausses perruques avec les vraies mèches de cheveux de mes riches clientes. Ça me faisait grimper aux rideaux... Et puis vous connaissez la fin... il y a eu cette fusillade à la sortie du Crédit Lyonnais. Trois blessés chez les flics et lui a reçu une rafale dans les genoux. Plus une balle dans le dos, fracture lombaire. Je l'ai aidé. Il a été soigné dans la clinique privée d'un malfrat marseillais. Ça nous a coûté bonbon pour un boulot bâclé. Paralysie des membres inférieurs. On a pu prendre quand même la tangente et on s'est fait oublier... Nous nous sommes installés ici, dans ce trou perdu, en attendant de toucher au reste du butin (ils avaient planqué plus de 28 millions d'euros, en billets, en pièces d'or et en lingots, 28 507 966 € exactement, sous les caveaux des rentiers). Nous avions estimé qu'après quinze ans nous aurions plus de chance de profiter sans problèmes de ce pactole. Pour le tas de billets c'était râpé. Entre temps, ceux qui n'avaient pas été bouffé par les vers, étaient numérotés donc inutilisables, après deux dévaluations successives c'était de la roupie de sansonnet et ils n'étaient plus en cours. Pour les lingots, nous devions organiser quelques petits voyages de documentation pour un soi-disant futur roman de vampires dont l'action se déroulait dans de nombreux cimetières français. Nous avions prévu de récupérer 520 lingots de

100 grammes à 12,4 kg, dans les semaines qui viennent. C'était lui qui les avait planqués. N'essayez pas de me faire dire où ils sont, dans quels cimetières de quels trous perdus, même sous la torture je ne pourrai rien vous dire, parce que je ne sais pas. La confiance ne régnait pas du tout entre nous. C'était un vrai salaud. Je ne suis qu'un pauvre coiffeur. Alors bonne chasse au trésor et tous à vos pioches ! Quand tout ça va être dévoilé dans la presse, j'ai peur que les cimetières soient tous profanés, vandalisés de fond en comble. Ça va être l'horreur. Le retour des morts-vivants. Le devoir de mémoire mon cul. Ils ne feront pas de quartier. Essayez de les empêcher, c'est la guerre civile assurée ! Démerdez-vous avec ça... Revenons à l'essentiel : restaient les pièces d'or, les Napoléons ou les Louis d'or si vous préférez. Nous les avions cachés dans le cimetière de Virrelongues. Dans le carré des indigents, le Jardin des Soupirs plus exactement, je peux le dire sans que ce soit l'émeute puisque Julien les a déjà trouvés. Les vingt-quatre kilos d'or qui restaient. Et il les a emportés Dieu sait où... et encore ! Je ne suis pas sûr que Dieu soit impliqué dans cette sombre affaire... quoique... Suivant leur millésime les pièces d'or qui restent peuvent rapporter huit cent mille euros au cours d'aujourd'hui. Avec la partie que nous avions gardée, nous avons pu acheter d'autres identités. Il s'est payé la maison du curé et j'ai ouvert le salon de coiffure. Il fallait bien s'occuper et, comme dit Pasteur, il n'y a que le travail qui amuse. Lui, en manque d'honorabilité, s'est inventé une personnalité de notable. Il s'est fait passer pour un écrivain maudit qui, de surcroit, avait été un grand funambule »

Ils connaissaient tous la triste histoire que l'écrivain imagina et la rumeur qui se répandit dans le village à la vitesse d'un cheval de courses, par l'intermédiaire du coiffeur et surtout grâce à Louise : Son numéro de funambule était le numéro phare du cirque Sorkalli. Il fut ébloui par un gamin qui s'amusait à emmerder les gens en leur balançant le reflet d'un projecteur dans les yeux, avec un miroir (la coque psychédélique de son téléphone portable pour être précis, en orfèvre de l'esbroufe). C'était au moment le plus dangereux, quand il était en équilibre sur le pied d'un tabouret lui-même posé sur le fil. Il lâcha son balancier. Une chute de 10 mètres. La salle évacuée. Le SAMU. Les deux jambes en mille morceaux... Un procès contre le directeur du cirque (un hongrois, un dompteur de grizzlis, quel talent) et un caractère d'une force inouïe, assurèrent ses vieux jours et le propulsèrent écrivain, un auteur de romans de gare très célèbre aux States mais dont personne n'avait jamais entendu parler même en cherchant sur Google. Il s'est embrouillé dans une histoire d'anonymat comme règle absolue de son art... la garantie de son honnêteté (il était gonflé). Des considérations fumeuses, style nous vivons une époque de merde, sur la personnalisation à outrance, sur l'importance que prenait, de nos jours, l'égo démesuré de l'écrivain par rapport à son œuvre... et tout ça à cause de la télé... A Virrelongues ça pouvait passer. Et ça passa. Personne n'avait jamais lu un bouquin de lui, ça ne posa pas de problème. Et lui, cloîtré et paralysé (il avait aussi perdu l'usage de ses couilles pendant la fusillade, il faut bien le dire), a commencé à disjoncter complètement et à se prendre réellement pour un ancien funambule et pour un futur écrivain.

Christian n'avait pas voulu casser son délire. Il l'avait même encouragé à se croire génial (À quoi servent les vrais amis sinon !). L'inspiration de l'auteur se limitait aux faits et gestes des Virrelonguais à l'intérieur de Virrelongues. Il les regardait vivre, il les observait de son donjon comme des fourmis dans leur fourmilière. Il voulait se la jouer Agatha Christie mais il était trop nul. Ses personnages n'avaient rien dans le crâne, ce qu'ils pouvaient ressentir, il n'en avait aucune idée non plus. Le coiffeur était chargé de lui rendre compte de toutes les conversations, de tous les ouï-dire, de toutes les confidences qu'il captait et, dans son salon, il était à la meilleure place.

Et Thomas s'y était mis aussi depuis quelques temps. Il était ses yeux, ses oreilles, ses jambes. Il était vif, rapide, infatigable alors que le regard de cet homme prostré était épuisé, alors qu'il n'y avait que le silence autour de lui. Thomas était sa muse. Ou son indic'. Christian n'était plus irremplaçable.

« N'est-ce pas Thomas ? » lui lança le coiffeur.

Ah ! Ça redevenait intéressant ! Paul, qui, perdant peu à peu tout contrôle, avait tous les symptômes de cette pure maladie mentale en constante progression qu'on appelle platement la jalousie, le dit tout haut « Ah ! Ça devient intéressant ! » et alla secouer Thomas en gueulant : « Tu le pompais ou tu te faisais pomper ? ». Thomas répliqua en l'empoignant : « Et toi tu t'es jamais dit que c'est peut-être en le pompant que tu as tué Alexandre ? Paul lâcha prise. Thomas en fit autant. Ils sanglotèrent tous les deux dans leur coin. Leur première chamaillerie. C'était bon signe trouva Paul.

Léopold faillit tomber dans les vapes.

Christian le retint à bras le corps avec toutes ses forces, héroïquement, le monde à l'envers, et le remit sur pieds en disant :
- C'est le sucre !
- ???
- Le sucre dans le thé. Je l'ai drogué… ordre de votre ami l'écrivain… Il était tombé amoureux fou de madame la baronne qu'il contemplait dès qu'il en avait l'occasion avec ses jumelles, avec son télescope aussi des fois, à l'église, à la boulangerie, en promenade et jusque dans sa chambre… Il croyait l'aimer alors qu'il ne l'avait jamais rencontrée. Il s'est mis dans l'idée d'éliminer son prétendu rival. Il s'est prit pour Dieu. Intervenant sur le destin des gens, donnant un coup d'pouce à la fatalité. Il comptait sur moi. Thomas n'était pas encore au point. Il m'ordonna d'empoisonner Léopold, au mercure de préférence parce que c'était un poison plutôt rare dans les romans policiers. Autre avantage à ses yeux, il était cumulatif (il agissait lentement par accumulation) et donc insoupçonnable… jusqu'au décès… J'avais remarqué que Léopold était le seul à se servir du sucre en poudre parmi les ivrognes du Bar-Central. Il y a du mercure dans certains produits

chimiques utilisés à profusion par nos agriculteurs. Les conservateurs de semences par exemple. Petit chimiste, j'avais aussi réussi à condenser, (par sublimation inverse) plusieurs grammes de ce mercure issus de la vapeur hyper toxique que contiennent trop abondamment toutes les lampes fluo-compactes (merci beaucoup le Grenelle). Je me suis débrouillé avec ça. J'ai mélangé à du phosphore blanc, d'où le sucre fluo et le goût d'ail de Léopold et j'ai contaminé le sucre en poudre. Le cerveau de Léopold était attaqué en douceur mais en profondeur. Toutes ces perturbations, si elles ne l'avaient pas fait tomber d'un toit, auraient pu lui filer un cancer je ne vous dis que ça. Ignoble n'est-ce pas ? Ne me dites pas que je n'ai pas bien fait de planter cette ordure ?
- C'est moi qui vais te supprimer espèce de salopard !, hurla Léopold qui avait repris du poil de la bête.

Le folklore virrelonguais exigeait qu'ils soient tous réunis, comme au début à l'église, ou après au Bar-Central ou encore plus tard chez Maxime et Gustave, pour partager ce moment, le dernier épisode, à la fois intense et affligeant, qui les laisserait un peu sur leur faim parce que c'était la fin justement, parce que tout allait s'expliquer mais tout resterait mystérieux, ouvrez les yeux et tout s'écroulera, parce qu'ils allaient devoir retourner à leur vie banale ou choisir un autre bouquin pour passer un dimanche comme les autres. Ils descendirent donc tous les quatre rejoindre Monsieur

Gustave qui avait trouvé l'écrivain très ennuyeux jusqu'à ce que Jeanne, Félix, Maxime, Louise, le Maire, le curé et plein d'autres spectateurs dont un lecteur anonyme, aient formé un public attentif, tout à fait convenable.

Après audition complémentaire du coiffeur, Hercule Poirot/Gustave donna sa version des faits qui fut, d'après l'enquête approfondie qui suivit, le déroulement avéré des évènements :

« En résumé, ce que voit, de ces fenêtres-ci, l'écrivain/funambule/bandit/cadavre que voilà, samedi après-midi (hier), c'est Julien qui creuse, à travers les racines du vieux figuier, un trou dans la partie du cimetière dit « Le Jardin des Soupirs », tout près de la tombe où repose Alex depuis presque trois ans. Julien a l'intention de « déménager » le cadavre de son chien jusque là enterré au fond de la forêt, pour l'enfouir près d'Alexandre afin que l'ex compagnon de Paul ne repose plus seul mais avec son ex compagnon à lui. Mais, à sa grande surprise, il tombe sur un gros sac de jute contenant plus de trois mille Louis d'or. Considérant depuis longtemps que l'argent ne fait pas le bonheur au contraire, il décide en premier lieu de l'éloigner de l'esprit d'Alexandre pour qu'il ne soit pas assombri, puis de dissimuler toutes ces pièces (la partie du butin des deux derniers membres du Gang des Bourgeois) au fond de la forêt, à la place de Pluton. Vous suivez jusque là ? Notre faux écrivain qui se rend compte que Julien est en train de braquer les braqueurs, qu'il a vidé le sac dans ses poches (vous savez qu'elles sont nombreuses dans ses amples vêtements), appelle son complice le coiffeur afin qu'il intercepte rapidement l'Idiot. Mais Christian a coupé son téléphone parce qu'il ne veut pas être importuné pendant la permanente de la mère Gautier. Une minivague ici c'est rare et, pour lui, la pose des bigoudis c'est sacré. Il ne répond pas et notre faux funambule impuissant assiste à la scène de cet Idiot qui avance lentement, handicapé par les vingt-quatre kilos d'or qu'il transporte, qui se rapproche dangereusement de la lisière de la forêt et qui va donc disparaitre de son champ de vision. La création capillaire (son œuvre ultime... les détenus permanentés sont rares) étant terminée, le téléphone rebranché, Christian alerté ferme aussitôt sa boutique, envoie balader Louise et son rendez-vous mensuel, pour enfin partir à la poursuite de Julien. Mais c'est trop tard. L'Idiot retrouvé dans sa cabane, où il n'y a pas la moindre piécette en vue, lui raconte sans problème qu'il a caché le trésor quelque part dans la forêt. Christian parvient à lui expliquer que cet argent pourrait faire le bien, que les amis de Virrelongues méritent plein de cadeaux, que l'église pourrait être plus belle, mieux éclairée avec des rayons d'or dans les nuages en plâtres, que beaucoup de gens meurent de faim dans le monde... bref, Julien promet qu'il rendra toutes les pièces à la seule condition (c'est du Julien tout craché) que je libère tous mes insectes... »

L'auditoire tangua un peu. Certains, surtout les absents des premières heures, ne comprenaient pas tout. Monsieur Gustave dût expliquer :

« L'écrivain a donc ordonné à Christian de rater la messe de ce matin pour profiter de notre absence garantie à Maxime et à moi-même et voler tous nos récipients, nos boîtes, afin de lui montrer qu'elles étaient vides donc qu'elles n'emprisonnaient plus mes bestioles adorées… mais, il avait encore raison, je ne les adore pas tant que ça puisque je les préfère mortes que vivantes… En tous cas, pour lui c'était la preuve que les papillons avaient repris leur envol. Christian, qui n'est pas à un casse près, dévalise nos tiroirs et les transporte dans la cabane. Ensuite, par cette fenêtre, l'écrivain voit l'Idiot qui quitte l'église avant treize heures, il le voit courir sous la pluie, s'écrouler dans le potager, en bas, et rester sans bouger comme s'il s'était endormi. Il met aussitôt Christian au parfum. Lui était rentré chez lui pour prendre une douche et changer de cravate car ses allers-retours dans la boue l'avaient bien dégueulassé. L'écrivain lui demande d'aller tout de suite vérifier si Julien a bien vidé ses poches et au pire s'il ne reste pas quelques Louis d'or au fond des doublures on ne sait jamais, ce sont des indices et c'est toujours ça de pris. Oui ? »

« Ok, dit le Maire, mais sait-on pourquoi Julien s'est retrouvé endormi dans le potager ? Avec ces trombes d'eau c'est plutôt bizarre ! »

Paul comprit que, curieusement, l'écrivain n'avait rien dit à Christian à son sujet, au sujet du missel, comme si ça n'avait pas d'importance. Paul était content, il n'allait probablement pas se faire choper, et à la fois mécontent, une fois de plus il était invisible. Personne n'avait rien à foutre de lui, de sa vie, de ses actes même, abjects ou pas… aucune considération… il pouvait assassiner gratuitement des gens à tous les coins de rues, tout le monde s'en fichait. Et de toute façon il ne l'avait même pas tué.

« On ne sait pas. Cela reste un mystère pour l'instant. Si l'on en croit le coiffeur qui n'a aucune raison de nous mentir, il aurait trouvé Julien dans les choux (ce qui ne fit rire personne parce que c'était effectivement dans les brocolis que gisait le cadavre). Il aurait commencé à le fouiller pour trouver son or. Mais l'Idiot s'est subitement réveillé et a commencé à se débattre. Christian a pris peur. Ces ciseaux étaient encore dans la pochette de son veston. Il les enfonce dans le crâne de Julien qui est tué sur le coup. L'écrivain qui le surveillait de sa fenêtre l'appela pour l'engueuler. Comment allaient-ils connaître l'emplacement du magot maintenant, si Julien était mort ? Il ordonna à Christian de finir de chercher dans les frusques de l'Idiot et de retourner à la cabane pour trouver une trace des pièces en or. Le coiffeur, qui en avait ras le bonnet, trouva judicieux de déshabiller Julien et de fouiller chaque fringue tout en se dirigeant vers l'étang et la cabane (ce n'était donc pas un jeu de piste made in Thomas). Mais que dalle, Christian revint ici bredouille. Alors ce fut la débandade… »

Persuadés qu'ils ne retrouveraient plus leur pognon, ils ont perdu les pédales. L'écrivain se morfondant «Je suis nul, je suis incapable de pondre une seule phrase correcte, je n'ai aucune imagination, je suis bloqué dans ce fauteuil, dans ce trou perdu, dans ce pays de merde, il ne se passe jamais rien dans ma vie et pas plus dans mes prétendus chefs-d'œuvre, je ne peux compter sur personne, Christian est un gros con (quoique, n'étant pas un coiffeur homo, il soit assez exceptionnel) et Thomas est trop gourmand (il a exigé deux mille euros contre l'histoire des trois amours de Paul), je ne peux plus bander et Jeanne ne m'aimera jamais, je suis seul, je suis un écrivain raté, un funambule raté, une canaille ratée... Je vais me suicider sous tes yeux avec ce révolver (souvenir de leur artillerie) mais avant je vais m'arranger pour qu'on t'accuse... J'ai une photo qui nous dénoncera tous les deux... tu me suivras en enfer ! »

Le coiffeur pas mal expérimenté fut fatalement attiré par la paire de ciseaux qui trainaient sur le bureau.

Et fatalement, il les planta dans le crâne de...

EPILOGUE

20 heures.
Dans la tombe, brièvement.

Et les flics débarquèrent… et la guerre arriva. Le village était bleu. Les uniformes grouillaient dans les rues du village. Ils exagéraient : Tests d'urine dans le Bar-Central. Ils ne sont pas allé jusqu'à violer les femmes mais ce fut la fouille au corps générale. Le curé et les vaches y passèrent aussi. Garde à vue des ramasseurs de champignons. Confiscation des pelles et des pioches. Amandes pour possession d'ampoules à incandescence. Faute de suspects, ils se sont mis à se contrôler eux-mêmes. Le cimetière a été dévasté. Ratissage de la forêt. Sondage de l'étang. Ils sont allés fouiner dans le cercueil d'Alex. Le ministre est venu. Le monde a débarqué aussi. Les télés, les radios. Des cars-régie jusque dans la cour des fermes. 109 virrelonguais interviewés sur 124 (14 enfants en bas âges et Pépé Tassin était vraiment au bout du rouleau). Des campements de touristes, des mobiles homes dans les champs. Trois kilomètres de bouchon à l'entrée de Virrelongues.

Le coiffeur menotté fut amené avec les deux cadavres, dans le même fourgon. Dans leur sac mortuaire (six cent mille avaient été entreposés dans un hangar de la région en prévision de la pandémie de lèpre canine), Julien et l'écrivain étaient semblables. À l'intérieur, l'un était répugnant, l'autre était pur. De l'extérieur, c'était les mêmes. Deux crucifiés, avec la même blessure leur traversant le crâne.

Paul et Thomas décidèrent d'honorer la dernière volonté de Julien : aller au fond de la forêt pour déterrer Pluton, le prendre dans leurs bras et le déposer dans le cimetière de Virrelongues, dans le Jardin des Soupirs, auprès d'Alexandre.

En y allant par les rives de l'étang, Thomas s'amusa à marcher comme Paul, imitant sa patte raide, se déhanchant exagérément. Il claudiqua ainsi presque tout le long du chemin en faisant semblant de pleurnicher sans arrêt : « Ma jambe me fait mal ! Ma jambe me fait mal ! ». Plus il exaspérait Paul, plus il en remettait une couche.

Ils trouvèrent vite le magnifique chêne-liège qui protégeait la tombe. Quand ils en sortirent le chien ils découvrirent aussi une caisse remplie de pièces d'or.

Ils ne se marièrent pas, ni eurent beaucoup d'enfants. Pas tout de suite en tous cas.

Thomas prit la décision (il en avait les moyens) d'être fou, d'être folle.

Paul écrivit le début de son roman :

Dimanche prochain, je ferai semblant de mourir dans ses bras.

Ce furent ses premiers mots.

Du même auteur

Chifoumi !

Roman
BoD/éditions du Frigo, 2011
<small>*Dans la collection BAC À LÉGUMES*</small>

Aux mêmes Éditions

L'Ange Impur

de Samy Kossan

Roman
BoD/éditions du Frigo, 2012
<small>*Dans la collection COMPARTIMENT DU HAUT*</small>

LES EDITIONS DU FRIGO

En partenariat avec BoD, les Éditions Du Frigo rassemblent, conservent, publient, diffusent, des textes gay, grinçants, frais, jubilatoires, souvent posthumes et toujours anonymes.

Posthumous publisher of dead authors, "Editions du Frigo" provides logistical support for the dissemination of works, their authors no longer there to defend them. Home association, all profits are donated to the beneficiaries.

contact@editionsdufrigo.com

© 2012, Gouguel
Edition : BoD - Books on Demand
12/14 rond-point des Champs Elysées
75008 Paris
Imprimé par BoD - Books on Demand, Norderstedt, Allemagne
ISBN : 9782810623457
Dépôt légal : Juin 2012

www.editionsdufrigo.com
Editions-du-Frigo sur Facebook
@EDITIONSDUFRIGO Twitter